敦煌语丝

金蛇著

金耀基（King Yeo-Chi, Ambrose）

　　著名社會學家、政治學家、教育家、散文家和書法家。一九三五年生，浙江天台縣人。台灣大學法學學士，台灣政治大學政治學碩士，美國匹茲堡大學哲學博士。曾任香港中文大學新亞書院院長，社會學系主任，社會學講座教授，大學副校長、校長等職。先後於英國劍橋大學、美國麻省理工學院訪問研究，美國威斯康辛大學、德國海德堡大學任訪問教授。二〇〇四年自大學退休。現為香港中文大學榮休社會學講座教授，台灣中研院院士（一九九四至今），西泠印社社員。

目錄

代序：
談談我三本「語絲」的今生來世

（一）

假如我沒有到過劍橋、海德堡、敦煌，就不會有《劍橋語絲》、《海德堡語絲》及《敦煌語絲》三書；我去了劍橋、海德堡、敦煌三座獨有風姿的城市，如果沒有寫這三本「語絲」，便不止有負這三座名城，也有負自己的「文學之我」。

我終其一生，以學術（社會學）書寫為志業，先後出版的中、英著作百萬餘言，但我始終對文學有不可或離的興趣，一有自由自在的日子，便會書寫起舒我胸臆的散文來。

（二）

一九七五——一九七六年，我從香港中文大學得到一年的長假，並受邀到英國劍橋大學（十個月）與美國劍橋的 M.I.T（二個月）作訪問學人。

到了劍橋，一抬眼，便見到徐志摩沒有帶走的那片雲彩，由於劍橋不尋常的美，不尋常的迷人，我內心的詩意衝動便促使我寫了十幾篇在劍橋的所見、所思、所感。這便是我一九七七年出版的第一本散文集《劍橋語絲》。《劍橋語絲》一問世，就有洛陽紙貴的效應，很似我一九六六年發表的《從傳統到現代》第一本講中國現代化的學術著作。報章上出現了不少有讚美的評論（部分可見我〈語絲的知音〉一文）。我這裏只想引述當年台灣文學界聞人張佛千先生（他曾是台灣新聞處處長，但我從未識面）給我信中的二段話，他說：「……您寫劍橋，文章好到使我不想親身去看劍橋，而願意『讀遊』……您的魔筆引導我走進劍橋，不僅看到屋宇、草坪、橋、河等，以及活動其中的人物的風徽，更引導我們走進古代的劍橋，劍橋的深處。我想，從來沒有一個人的筆下所能有這樣使人『讀遊』的魔力。」又說：「對於大作，剪置案上，句句皆美，選摘為難，這真是最精美的散文詩，遠逾徐志摩、聞一多諸人之作，自有新文學以來所未有也」。（見我的《人間有知音：金耀基師友書信集》香港中華書局，二〇一八年，頁二九〇—二九一）

說實話，我讀到張佛千這樣的名士如此推美，

我是有些醉意的。不過，《劍橋語絲》帶給我最大的快樂是我父親、業師王雲五和美學老人朱光潛的稱許和讚賞。一九七七年出版的《劍橋語絲》迄今已近半個世紀，想不到以文學評論著名的黃維樑教授在其二〇二二年出版的《文學家之徑》中，指《劍橋語絲》中的一些細膩的書寫體現的是我的「陰陽美學」，是傲立散文界的一種獨特文體，並稱我是學術界、藝術界、教育界的一種「金光燦爛」的「稀有金屬」。這倒是令我怦然心動的稀有稱謂！有一點，我是有自信的，五百年後劍橋仍巍然存在，《劍橋語絲》讀者中亦必有像黃維樑一樣的懂書人。

（三）

一九八五年，我自新亞書院院長退下，得到大半年的長假，並受德國海德堡大學之邀，出任社會學訪問教授。我之去海德堡，主因海德堡大學是二十世紀初社會學宗師麥克斯·韋伯（Max Weber）講學著述之所，我特別希望到「韋伯學」專家施洛克特（W. Schluchter）教授主持的海大社會學所，那是「韋伯學」研究的中心。一九七六年初夏我曾從劍橋到海德堡小遊，即使已習慣了

劍橋的美，我仍然為海德堡的美所眩惑。一九八五年，我在海城剛飄下第一片落葉的初秋，重臨舊地，越發感到這山水之城的綺麗和嫵媚，怪不得海德堡一向有令人「失魂之城」的美譽。在海大，除了作幾次學術報告，我是絕對自由自在的，也因此，我去過德國幾個主要的大學小城，也幾乎訪遍西德的歷史名都。我到過與海德堡齊名的奧地利薩爾斯堡，也在作客西柏林的柏林高等研究院（The Berlin Institute for Advanced Study）後，通過柏林牆，還不請自去到東德東柏林的漢堡大學，並在學生餐廳與十數位年輕學子大談東西德統一的「能不能」和「好不好」的問題。

我在海德堡半年，一百多個寧靜的日子，不止讓我有時間讀書研究，還真正有機會冷靜地思考。這是我第二次到德國，但卻是我第一次「發現」德國，我先後在海城的尼加河畔和瑪茲街兩個羈旅的客舍裏寫了十篇隨感式的散文，我用不少筆墨寫海城之秋以及與秋有關的種種，但我落筆最重的是對德國的文化、歷史、政治的所見、所思與所感。這些我的所見、所思與所感的文字便成了我的第二本散文集——《海德堡語絲》。一九八六年，《海德堡

語絲》出版後，便與她的姐妹篇《劍橋語絲》風行於內地、香港和台灣。誠然，最令我歡然有喜的是散文家董橋品題我的散文為「金體文」。他在一篇〈「語絲」的語絲〉中論到金體文時說：「這是文學的神韻，是社會學的視野，是文化的倒影，更是歷史多情的呢喃，都在金耀基的胸中和筆底」。這是我之所以視董橋為「金體文」的第一知音。之後，我看到梁錫華（佳蘿）討論我的《海德堡語絲》的一篇高水平的書評，梁錫華是徐志摩專家，也是比較文學的教授，他顯然是一個喜歡「金體文」的人。他說：「『金體文』，可誦」，有「文士德性，哲人頭腦，且有行政高材的社會學家……『金體文』往往給讀者以啟迪，又豈只松風明月、石上清泉而已」。梁錫華評論最透的是他看到我書中的寫秋和我的「秋思」，他認為我筆下的秋和十八世紀英國詩人湯普遜（James Thompson，一七〇〇──一七四八）的寫秋名篇 *The Seasons* 內的若干詩句，「竟是隔代輝映，格調相類」。最後，他評《海德堡語絲》說：「處身在宏麗的文學殿堂，金氏書的金光，無疑會長期閃亮於遊記文學的一角，即使歲月無情，相信也難把它沖刷掩藏」。

（四）

　　《劍橋語絲》和《海德堡語絲》分別於一九七七年和一九八六年問世，寫的是英國和德國二個迷你型的美麗名城，多年來，頗有些有人笑鬧我，「怎麼沒有一本寫中國的？」說實話，這完全不是刻意的選擇，而純然是機緣。我在中文大學任職期間（一九七〇─二〇〇四），我其中的二次長假（一九七五─一九七六，一九八五）訪學或講學，去的是劍橋大學與海德堡大學，這才會有《劍橋語絲》和《海德堡語絲》。

　　二〇〇四年，我從香港中大退休，開始了我一生中的長假。二〇〇七年，我有了二次不很尋常的故國中土之行。一是回到六十年未回的原鄉──天台；一是去了多年來一直想去的沙漠藝都──敦煌。返港後，興致勃勃地寫了〈歸去來兮，天台〉與〈敦煌語絲〉兩個長篇。當時主持牛津大學中文出版的林道群兄，第一時間建議我將這二個長篇再加上我一九八五年的中國行所寫的〈最難忘情是山水〉長篇，合為一集出版。這是我的第三本散文集《敦煌語絲》的由來。

　　寫到這裏，我不由想起二〇〇七年七月十日

《明報月刊》總編輯潘耀明在收到〈歸去來兮，天台〉長文後給我的信，他說：「拜讀鴻文，果然筆下不凡，卅年前《劍橋語絲》、《海德堡語絲》已成美文範本，已斷響多時，他日如能結集《神州語絲》，必大放異彩……」。我覺得潘耀明絕對是我散文的知音人，我有時也覺得我的第三本散文集如用《神州語絲》為名，也是很好的。其實，《敦煌語絲》一書是三個長篇的結集，所寫的正是我三次神州之旅中所見、所思與所感。因其中〈敦煌語絲〉一文篇幅最多，而「敦煌」二字既響亮，又夠「中國」，故〈敦煌語絲〉的「篇名」也就成了「書名」。

　　「敦煌」是我認為一生中不能不到的地方。敦煌建於漢代，是古絲路的重鎮。二世紀時已是中國與西域多國交通、貿易、文化交流的一個華戎聚居的「國際」都會了。故當地人風趣地說，「敦煌是昨日的香港」，這對來自香港的我真頗有些觸動。今日敦煌是坐落在「西出陽關無故人」的陽關之外的戈壁沙漠中的藝術石窟群，當我親睹莫高窟、榆林窟、炳靈寺的魏晉、隋唐、宋元的壁畫、塑像，特別是美之極致的飛天時，內心的歡悅真非筆墨所可形容。敦煌之行，不啻是穿越了千年的歷史隧道，有了一次長長的美的巡禮。我之寫〈敦煌語

絲〉，實希望未到過敦煌的人也可少少領略這座沙漠藝都的「可以言傳」的美。

〈歸去來兮，天台〉一文，是寫我回到離別了一個甲子的家鄉天台。天台是千年古城，天台山是天台的精靈所在，它是佛教第一宗（天台宗）的發祥地，也是道教南宗的祖庭。東晉文豪孫綽讚美天台山是「山水之神秀者也」，中國第一位大旅行家徐霞客出遊的第一座名山正是天台山。有唐一代，有逾四百位詩人，包括李白、王維、孟浩然、劉禹錫、白居易、杜牧等先後慕名而來，所謂「浙東唐詩之路」的目的地也就是天台山。天台山的國清寺是隋代古剎，已一千四百年了。歷史上聲名遠揚的寒山和濟公活佛都與天台有不解緣。天台有八大景、五小景，有名有姓的三十六景。我第一次返鄉，主要是為了探望雙親的故居，拜祭祖父母之墓，家鄉的勝景美色，當然不能也不必一次看盡。我在〈歸去來兮，天台〉的文尾說：「山水常有，鄉情常在，我們今日未到不到的地方，都是為他年他日再來時。」是的，二〇一九年三月，我與妻帶着小孫女雨靉再返天台。這一次，除與前一次結交的上一輩鄉賢敘舊外，更結識了朱明旺伉儷、盧益民、金正飛、趙宗彪、王寒等中生代的表表者。

在他們熱情親切的陪伴下，雖未能走透天台，但畢竟到了許多上次想到未到的地方。我登上了可以賞「雲錦杜鵑」，可以品雲霧清茶的天台山之巔的華頂，更到了夢遊已久、母親口中常念的「石梁飛瀑」。此行可謂是圓夢之旅了。回港後，接到趙宗彪先生四月十一日的《台州日報》，上面有他寫的〈江山萬里故園情——金耀基先生回鄉記〉，展讀之餘，不勝歡喜。趙宗彪不愧是台州才子，凌雲健筆，口碑早在。這次中華版《敦煌語絲》中，我特地把宗彪之文收入附錄中，以饗讀者。坦白說，我之寫〈歸去來兮，天台〉固然是為滿足一己的思鄉之情，但亦是覺得天台之美，不可自私享有，應該讓天下人知道天台是神州一座絕色的山水之城。

〈最難忘情是山水〉是《敦煌語絲》的第三個長篇，寫於一九八五年，那是我一九四九年離開大陸後第一次的故國之行。是年五月九日，我隨港中大馬臨校長率領的一個七人代表團訪問北京大學、清華大學及中國科學院。中大代表團北上不止是禮貌式的報聘，也是具體落實學術上的交流與合作。當然，到了古都北京，除了參觀北大清華特有風致的校園，少不得去了故宮、天壇、長城這些名震遐邇的百千年勝跡。

北京訪問之後，我又轉到江南作九日之遊。事先元禎與我在香港參加了一個商業性的旅行團，行程是香港 — 廣州 — 蘇州 — 無錫 — 杭州 — 上海 — 廣州 — 香港。我與妻是五月十八日在南京與旅行團會合的。江南之行共十七天，先後歷七城，縱貫大江南北。雖是走馬看花，卻也是點滴在心頭，一路所見、所思、所感都一一做了筆記，返港後即寫成萬言長篇，寫的最多的是山水名勝的觀感與情思，故名此篇為〈最難忘情是山水〉。一九八五年，大陸改革開放不久，兩岸的交流未啟，大陸與台灣對言論仍各有大大小小的禁忌與禁制。台灣的《聯合報》因大文士高陽精明的編輯巧思，才得以刊出我這篇〈最難忘情是山水〉，而此文一經刊出，便百口傳誦，並聽不到半點的政治雜音（這反映此文發表時，兩岸的政治氣候已生變化，台灣當時的政治禁忌與禁制已完全是不必要的）。當然，〈最難忘情是山水〉一文所受到的一片讚美，莫過於著名史學家牟潤孫先生的一紙美言。牟教授在給我的信中說：「在《明報月刊》得讀大作〈最難忘情是山水〉，為之傾倒，真當代第一文情並茂之作也。弟唯有欽羨，而絕無此才力成此類名世之佳

製」（此信刊於金耀基《人間有知音：金耀基師友書信集》香港中華書局，二〇一八年，頁二九八）

　　牟潤孫先生是當代魏晉史學名家，與我同輩的史學者逯耀東即師從於牟老。一九七〇年我自美到港參加港中大新亞書院時，牟先生是港中大錢穆先生外唯一的歷史學講座教授，我曾在校園遠遠看見過牟教授，但從未面晤。他給我寫信時，已是望八之齡，退休已多年，想不到他對我這個社會學系的後學如此推美，我是感動難語的。歲月匆匆，而今牟老早已仙歸道山，而我竟亦已到望九之齡，真有隔世之感！我這次刊引牟潤孫教授之信，固是為我「語絲」加持，亦是望後世讀「語絲」之人，可以知有牟潤孫這樣老輩學者的不可及的識見與襟懷。

（五）

　　二〇一二年香港中華書局有出版「香港散文典藏」之計劃，並以「金耀基集」徵文於我。我欣然同意，並選出我三本「語絲」中多篇文字以應，最後問世的「金耀基集」是由黃子平編選的《是那片古趣的聯想》。這是我與香港中華書局的首次愉快合作。後來我知道最喜歡我語絲散文的是當時中華

的總編輯趙東曉博士。二〇一七年，趙東曉博士又以集古齋總經理的身份，為我在集古齋舉辦了我首次的個人書法展（迄今已在香港、上海、北京、杭州、青島辦過六次展覽）。二〇二〇年與二〇二三年，東曉（現任香港中華書局董事長）與侯明（香港中華書局總經理兼總編輯）又在中華書局先後為我出版了《百年中國學術與文化之變》及《從傳統到現代》的「擴大版」（一九六六年台灣初版重版外，另增一十四篇的論文集）。去年（二〇二三年）因牛津大學出版社的中文部停運後，我決定將在牛津出版的九本書的版權分別轉給香港中文大學出版社及香港中華書局。因中華書局在「香港散文典藏」中已有了「金耀基集」，我的三本「語絲」最合理的最後歸宿應是香港中華書局。我高興知道東曉、侯明和周建華（新任中華總經理兼總編輯）已向我的三本「語絲」伸出歡迎之手。當然，在三本「語絲」出版之際，我要對編輯黎耀強先生和他的團隊的專業精神和服務熱誠表示敬意和感謝。是為序。

金耀基

二〇二四年四月十日

牛津版原序（二〇〇八年）

一九七八年，我的第一本散文集《劍橋語絲》出版。七年後，第二本散文集《海德堡語絲》出版。這二本「語絲」在香港、台灣和內地都有幾個版本。一九八五年後，兩書一直以姊妹篇的姿態面世。從不時有新版樣看來，她們是頗受中文讀者歡迎的。兩本「語絲」中有幾篇文字還被收入到為數不少的文選集中，最令我欣慰的是讀到已記不清篇數的書介與書評了。說真的，這二本「語絲」有這般的命運是我當初着筆時不曾想到的。

這些年來，很有些友人笑鬧我，「怎麼只寫外國的？為什麼沒有一本寫中國的？」說實話，這完全不是刻意的選擇，純然是機遇，《劍橋語絲》與《海德堡語絲》都是我在海外度長假時寫的。我在香港中文大學執教三十四年，只有過二次長假，分別在劍橋大學與海德堡大學做訪問學人，沒有教學，也沒有行政的負擔，卻有了一份我在香港沒有的閑逸，而這二個大學城，古典又現代的風格太

合我的性情喜好；她們也實在美，美得使我有寫作的衝動，我就這樣不由於己的寫起所見、所聞與所思的一篇篇散文來。這是為什麼我只有「劍橋」和「海德堡」兩地語絲之緣由。

二〇〇四年，我從香港中文大學退休，開始了我一生中的長假。退休生涯未必有我期待的閑逸，但畢竟多了幾分自在與自由。二〇〇七年，我有了二次不很尋常的故土之行。一是回到六十年未回的原鄉——天台，一是去了幾十年來一直想去的沙漠藝都——敦煌。返港後寫了〈歸去來今，天台〉與〈敦煌語絲〉二個長篇，承潘耀明先生的青睞，先後都在《明報月刊》發表了。

替我出版《劍橋語絲》、《海德堡語絲》姊妹篇的牛津大學出版社的林道群先生，看到了我寫內地的二個長篇，就表示願意為我出第三本語絲，其實，我寫內地最早的是一九八五年的〈最難忘情是山水〉的長篇。

那是我一九四九年離開內地後第一次的神州之旅。文字發表迄今已二十有三年了。在那個歲月，內地從「文革」災難走出不久，改革開放還剛起步，大江南北所見，感觸多矣深矣。當年旅遊，滿

目殘破，去洗手間是頭等苦事。途中坎坷，用同遊的廣東朋友的話，乃「摩登走難」也。比之去歲天台、敦煌之行，直是二種光景。三十年來，神州之變化大矣，今日大江南北之所見，真有「敢將日月換新天」之感了。

《劍橋語絲》與《海德堡語絲》是一對姊妹，現在加上寫內地的三個長篇的結集《敦煌語絲》便成了「語絲」的三姊妹了。是為序。

金耀基

二○○八年三月於香港

北京中華版序（二〇一〇年）

《敦煌語絲》是我第三本「語絲」，她的兩個姐妹篇《劍橋語絲》和《海德堡語絲》早在內地問世，現在她也與神州的讀者見面了。

《敦煌語絲》是我三次神州之行所寫的三個長篇的文集。這三次神州之行對我都有特殊的意義。一九八五年是我第一次踏上闊別了三十四年的祖國，那時改革開放不久，「文化大革命」造成的殘破山河，依然歷歷在目，大江南北所到的北京、南京、蘇州、無錫、杭州、上海和廣州七個城市，有的新機初露，雜亂中已透顯生氣；有的仍是蒼白灰暗，貧窮中奄奄不見精神，我就所見、所聞與所感寫成〈最難忘情是山水〉的長篇。二十五年後的今天重讀此文，真有換了世界之感。一九八五年回到少年時的十里洋場，竟見不到一幢新樓，而今日重來上海，一九四九年號稱「亞洲第一高樓」的國際大飯店已淹沒在巨廈森立之中，難見眉目。二〇一〇年上海世博會，浦東、浦西隔江輝映，盡顯大都

少時聽到敦煌的名字，只曉得那是遠在天邊的地方。敦煌在我心中是與陽關、玉門關連在一起的，是一個與戈壁沙漠、駝隊鈴聲、西風、夕陽連在一起的圖像。

香港中文大學新亞絲路文化團

會氣象，黃浦江兩岸之風光璀璨壯觀與香港維多利亞港兩岸所見，互有精彩，今日之上海，已大可與香港在城市魅力中爭勝了。一九八五年所寫〈最難忘情是山水〉一文中的記述，已成為我生命歷程中的點滴記錄，也算是為大江南北的城市留下改革開放之初的一些樣貌。

二〇〇七年七月與十月，我回到離別了一個甲子的家鄉——浙江天台；又去了一生常在夢遊中的沙漠藝都——敦煌，先後寫下〈歸去來兮，天台〉和〈敦煌語絲〉兩個長篇。天台是我的原鄉，因父親自青年時代就在外讀書做事，抗日勝利後舉家到上海，約在十二歲時，我才有機會隨父母返家鄉小住。二〇〇七年返天台時，我已是過了「古稀」之年，真正是少小離家老大回。此次回鄉，不止了卻了祭祖的心願，更讓我在溫馨的鄉情中有了一次「發現」天台之驚喜。天台是千年古城，天台山是天台之精靈所在，它是佛教第一宗（天台宗）的發祥地，也是道教南宗的祖庭。東晉文豪孫綽禮讚天台山是「山水之神秀者也」，遍歷中國名山大川的大旅行家徐霞客把天台山作為他出遊的第一座名山，詩界名士李白、王維、孟浩然、劉禹錫、白居易、杜牧等皆曾登臨吟誦。據載有唐一代，有逾

四百位詩人先後慕名而來，所稱「浙東唐詩之路」的目的地就是天台山。我的〈歸去來兮，天台〉寫的不僅是我的原鄉，也寫神州一座絕色的山水之城。

〈敦煌語絲〉一文是本集中一個最長的長篇，篇名也成了書名。敦煌是我認為一生中不能不一到的地方。這個座落在「西出陽關無故人」的陽關之外的戈壁沙漠中的藝術石窟群，在我親臨登訪前，已不知有過幾回夢遊了。當我親眼目睹莫高、愉林、炳靈寺的魏晉、隋唐、宋元的壁畫、塑像時，內心的歡悅是筆墨難以言傳的。敦煌之行，不啻是穿越了千年的歷史隧道，做了一次長長的美的巡禮。敦煌有說不盡的故事，〈敦煌語絲〉是我寫的敦煌故事。

二〇一〇年春，北京中華書局的焦雅君女士來電函，表示中華書局希望為《敦煌語絲》出版簡體字版，這是我很樂意的，而在香港出《敦煌語絲》繁體字版的牛津大學出版社的林道群兄也欣然同意，從而「語絲」的三姐妹都可在神州與讀者晤面了。是為序。

金耀基

二〇一〇年十月十六日於香港

敦煌建於漢代，是古絲路的重鎮。文獻說：敦，大也；煌，盛也。

敦煌語絲

敦煌的想像

世間有幾處地方，有生之年總覺應該一到，敦煌便是其一。一九九四年，錢偉長先生轉贈我常書鴻先生九十歲時出版的《九十春秋——敦煌五十年》，讀畢這部三百餘頁的大書，對這位與敦煌生死相許五十年的「敦煌守護神」，固然油然起敬，而他筆下的莫高窟、榆林窟的彩塑與壁畫，更增加了我對敦煌的嚮往。

少時聽到敦煌的名字，只曉得那是遠在天邊的地方，少不了許多遐思。敦煌在我心中是與陽關、玉門關連在一起的，是一個與戈壁沙漠、駝隊鈴聲、西風、夕陽連在一起的圖像。

一九〇〇年，敦煌石窟「藏經洞」的發現，是中國古物考古的大事件。常書鴻以為其文化意義，比之孔壁古文、殷墟甲骨、流沙墜簡尤為重要，較之一七四八年意大利發現一千八百年前的龐培古城亦不遜色。藏經洞所藏的是五萬多件經卷、文書、織繡和畫像，是從三國魏晉到北宋

一千年間的古文獻、古文物。藏經洞之發現，轟動世界，招致了英、法、日、俄、美等國文物考古人士的垂涎，半偷半騙，搬走了其中十之八九；不過，卻因此產生了世界性的「敦煌學」（我十分欣賞季羨林先生的「敦煌學在世界」的觀念），而自明後隱身的敦煌石窟也因而重新顯赫於世。

中國的敦煌學自王國維以降，成績斐然，而陳寅恪的隋唐史研究所以獨步史林，固由於他的積學與史識，但這與他善用敦煌資料顯然有關。胡適之寫禪宗（南宋）七祖神會和尚的大故事，認定神會是新禪學的建立者，也是《壇經》的作者，是中國佛教史上最偉大的人物。此前沒有人知道神會在禪宗史上的地位，是因為他的歷史和著作，埋沒在敦煌石室一千多年。胡適之所以寫得如此自信，如此活龍活現，就是因為他在巴黎發現了敦煌寫本的三種神會語錄，在倫敦找到了敦煌本神會的《顯宗記》和《壇經》。

留下吳道子畫風的地方

藏經洞的經卷、文書固然已散藏在巴黎、倫敦等世界名都的博物館，但今日莫高窟七百個石窟中的彩塑和壁畫卻是敦煌藝術的寶庫。彩塑是石窟的藝術主體，有佛像、菩薩像、弟子像，以及天王、金剛、力士等大小二千四百一十五尊，這些彩塑，自魏晉經隋唐到宋元，各代有各代的風格，有佛家彩塑博物館之稱。至於壁畫，面積有四點五萬平方公尺，如果把這些畫排成兩米高的畫式展出，有二十二公里半長，絕對是世界最長的古代畫廊了。這些壁畫時間跨度大，由公元四世紀到十四世紀，歷十個朝代，不啻是一部從中古到近古的繪畫史。我素喜雕塑與繪畫，而這正是敦煌石窟藝術的核心，所以最想有一日能親眼目睹。唐代的藝術更是我愛中之愛，莫高窟恰恰又是唐窟最富，有二百三十二個之多。論唐代藝術之高卓百代者，莫若其詩、文、書、畫。而集詩、文、書、畫四美於一身，被林語堂讚為「人間不可無一，難能有二」的蘇東坡嘗言：「詩

《菩薩像》，選自《敦煌莫高窟》，文物出版社。

至於杜子美，文至於韓退之，書至於顏魯公，畫
至於吳道子，而古今之變，天下之能事畢矣。」
杜詩、韓文、顏書都吟過、讀過、臨過，唯獨吳
畫則從未看過，而敦煌壁畫，卻儘多唐人之作，
雖然沒有吳道子的親筆，但「吳帶當風」的韻致，
在石窟中的人物畫、觀音像、舞人、飛天圖中是
可以意會的。我與敦煌唐畫的照面是看了張大千
的臨摹之作。大千居士是當代享大名、卻又是多
爭議的大家，畫界中很多人以他是「偽作大師」
而貶之。大千居士確多仿摹之作，而最要命是應
酬畫太多，反不見他創作力度之高，不論如何，
徐悲鴻以「五百年來第一人」譽之，豈是糊塗話？
他是第一個去敦煌臨畫的人，一九四一年整整花
了三個月時間，千辛萬苦，抵達敦煌，又窮兩年
時間，披風戴雪，在灰沙撲面，燈火熒熒，無比
艱苦的狀況下，臨摹了逾百張壁畫。因為他，敦
煌壁畫之宏大富美才彰顯於世，並有了「敦煌畫
學」之說，其功豈小也哉？也是因為他的識見與
游說，才促使國民黨元老、書法大家于右任發起
成立「敦煌藝術研究所」的信念。說真的，我之
想親臨敦煌石窟，固然是最想一睹唐代人之原
畫，也很想看看大千居士是臨摹了哪些敦煌壁畫。

新亞書院的絲路文化遊

二〇〇七年十月，香港中文大學新亞書院有「絲綢之路文化六天遊」，得知領隊是建築系的何培斌教授，我即刻報了名。元禛膝痛，不良於行，只好獨自上路了。培斌在愛丁堡大學專攻古建築，之後又在倫敦亞非學院研修敦煌之學，他去敦煌已有無數次了，隨他去絲綢之路的文化之旅，就算沒有事前的大量閱讀，也不會深入寶山，空手而回。這次六天遊，所經皆古絲路上的重鎮要隘，所看都是石窟、博物館與墓穴，所觀賞者莫非彩塑與壁畫。行前，我已作了閱讀筆記，遊訪期間，每到一地，更作筆記，入夜再作整理，深感此行頗多收穫，了卻平生一願。返港後，因有會議、講演、做眼睛手術等事，久久不能提筆，農曆新年，最得閑，於是憑筆記、圖文、照片，一一回顧，寫下所見、所聞、所思，因所寫都是絲路上的點點滴滴，故曰「敦煌語絲」。

西安：古絲路的起站

　　十月六日，天未亮便被鬧鐘喚醒，退休三年來的一大舒服事便是不需用鬧鐘了。團隊旅遊常是沒有自由的尋樂。清早，新亞書院黃乃正院長夫婦好心雇計程車來接我這個老新亞人。抵赤鱲角機場，約二十位團友都陸續集合。他們都是新亞校友或校友的家人朋友。校董會的梁英偉伉儷一早到了，他對敦煌之行有很大期待。好高興老友夏仁山兄也來了，他與我是團中唯二到了「古稀今不稀之年」的、未敢稱老的老人。

　　香港飛西安約兩個半小時，從一個高度現代化的都會到一個二千年前已十分顯赫的古都，沒有時差，但文化落差是可以感受到的。十幾年前我曾來此，當然看到震驚中外的兵馬俑。有人說，看中國古都，看地上的去北京，看地下的到西安。我心中的長安始終比眼中所見的西安美。我是從唐詩進入長安的，長安是唐詩中吟唱最多的古都。的確，古西安是唐代都城，當時可能是世界過百萬人的第一大城市，而唐以前，秦漢皆

中國三大石窟之首莫高窟。

設都於此，她是中國大一統帝國時代最早的都城。自漢以來，長安就是古絲路的起站，唐僧西去求佛也是從長安出發的。

我們首站是西安，但非此行絲路之遊點，只是以西安為轉機去敦煌的中途站。在緊湊的行程裏，還是從容地參觀了新建的西安博物館，它與陝西博物館皆為著名建築師張錦秋的手筆。這座外觀以天圓地方體現古典觀念的建築，與唐代所建的小雁塔，遙相交映。館內收藏了西安各個歷史年代遺存文物十三萬件，看是看不盡的，只有選擇參觀，在佛像館、唐三彩館已看得不亦樂乎，我更在大廳幾幅敦煌壁畫前徘徊流連。敦煌未到，卻已心馳神遊於莫高窟了。

出了館，在去機場途中，浮光掠影所見，西安的城市建築，顯然是傳統與現代在對話、交融、拔河。最近二十年，全國數以百計的大小城市，自東而西，從南到北，都在火紅紅地新建、重建，這是千年來第一次全國性市容的大變換，它將決定內地二十一世紀乃至今後五百年內地城市的面貌。真的，在這風起雲湧的建築大浪潮中，內地城市如何在現代化中保有古典趣味，如

何在全球化中保有自己的風格，實在是我國城市發展史中一個必須思考的大課題。

敦煌：「昨日的香港」

從西安到敦煌，想不到也要兩個多小時，敦煌真是遙遠。在汽車、火車、飛機不到的日子，去敦煌只有靠駱駝在沙漠戈壁上日以繼夜的累月跋涉，其苦何如？當飛機降落在敦煌機場時，新月初上，迎面而來陣陣冷風，但不寒冽，巴士送我們入住敦煌賓館，房間寬大舒適，設備現代。泡了杯帶來的台灣烏龍，水質特清，據說是祁連山雪水，我感到有一種承受不了的輕鬆。捨不得如此清澈的月色，披了件厚外衣，約了仁山，無拘地漫步在敦煌的大街上。街燈如畫，霓虹絢麗，沙漠綠洲上的城市竟有這等光景！當地人風趣地說，「敦煌是昨日的香港」。敦煌建於漢代，是古絲路的重鎮。文獻說：「敦，大也；煌，盛

也」，公元二世紀時已是中國與西域多國交通、貿易、文化交流的一個華戎聚居的「國際」都會了。敦煌地處平沙千里的戈壁，是黨河沖積而成的一塊綠洲，北面是天山，東南是祁連山，南面最近的是三危山、鳴沙山。敦煌之西北與西南分設玉門關與陽關，皆古絲路之要扼。自少讀王之渙「春風不度玉門關」，王摩詰「西出陽關無故人」的詩句，對玉門、陽關就有無盡的詩的想像，但此次行程中沒有二關，不無遺憾耳。

近午夜時分，在一家正要打烊的小店舖裏，仁山與我都買了隻夜光杯。夜光杯在香港亦有，購於敦煌，杯中美酒才有葡萄之香吧。店中小姑娘說，再過幾天，敦煌店舖就關門了，風沙大，氣溫低，文化香客大都止步了。

莫高窟：沙漠的藝術館

　　抵敦煌第二天，我們便訪遊一名千佛洞的莫高窟。是日清晨，氣溫攝氏五度，團友們興致勃勃登上旅遊車。從敦煌向東南行駛，公路兩旁是不見人煙的戈壁灘，約半小時至鳴沙山，只見山之東麓陡崖上，佈滿了層層密如蜂窩的洞窟。

《北大像》，選自《敦煌莫高窟》。

南北長一千七百米，高約四樓層，最高的自山腳到山頂達四十米，這是一座自然與人工結合構築長之又長的石窟藝術館，在平野遼闊的沙漠戈壁上，是一道過目難忘的風景線。這不是哪一個建築師的傑作，是歷代無數藝匠的集體創造。傳說前秦建元二年（公元三六六）一位叫樂僔的僧人，從東方雲遊至鳴沙山下，打坐時，忽見對面的三危山上有萬道霞光，狀如千佛，因覺此為靈異之地，便在此開鑿了第一個洞窟，設壇禮佛。此後千年，從五世紀到十四世紀，絲路上東西往來的商賈和地方世家紛紛捐資，修建佛窟祈福，據載最盛時數逾一千。此正可以推想當年絲路之旺，敦煌之大之盛也，而莫高窟也就成為中國三大石窟之首。中國的三大石窟，曰敦煌莫高窟、洛陽龍門石窟、山西雲岡石窟。純以雕塑論，龍門、雲岡皆為石刻，較之莫高之泥塑，更顯雄偉。我在圖書、光碟上看到的龍門之盧舍那佛坐像，不只宏大，而且秀美，面容之雍雅，身姿之美健，舉世罕有其匹。莫高窟之彩塑，有大有小，小的迷你型大不及手掌，大的高達三十五米的彌勒像，佔滿了被視為是莫高窟標誌的九十六窟的九

層樓的巍巍高閣。據說龍門盧舍那佛和莫高窟的北大像都是武則天時所建。武后自比彌勒下生，她稱帝，自然會說是應天承命了。妙的是據說盧舍那佛還有她的影子呢！更妙的是自武后起，觀音菩薩的形象也由男變成了女。武則天是中國歷史上唯一的女皇帝，我看古時也只有在唐代她才能坐上男人專有的龍椅。有唐一代，佛道的地位是高於講男尊女卑的儒家的。

石室寶藏，塞外江南

在進入莫高窟之前，何培斌教授拜訪了敦煌研究院。樊院長不在，一位儒雅溫文的陳秘書出來招呼。他說，參觀的行程都安排好了，讓我們上、下午看二十二個石窟，有的平時是不開放的。大家為之十分雀躍。陳秘書又說，此次新亞團參觀不收費。這更是意外了。團友都笑着說這是領隊何教授的面子。的確，培斌是敦煌常客，

敦煌研究院的人深知他是一位敦煌學的同道，給他優遇，也是合理。當然我們也想到了新亞校友陳萬雄博士，我們行前，萬雄兄已通過信函、電話跟敦煌研究院聯絡了。萬雄主持的香港商務印書館曾出過許多高格調的敦煌藝術圖書，對敦煌藝術的推廣、發揚出過大力，是真正的敦煌之友。我們是叨了他的光了。

步過宕泉河的石橋，不見流水，一座巍峨的牌坊聳立眼前，上有「石室寶藏」四字。步行三十米，又一座小牌坊刻有「莫高窟」三字。這時，進入眼簾的便是滿佈一個個石室的佛教藝術的長廊了。最叫人爽心的是石窟前幾排銀白楊、柏樹，綠得養眼，還有許多不知名的樹，長滿了亮麗金黃的葉子，在風中輕輕搖曳，更顯婀娜，在蕭蕭的秋寒中，煥發一片春意，使人有「塞外江南」的感覺。莫高窟給我的印象是整潔有序，有風沙但不染一塵。院裏導引我們的女士，斯文有禮、吐屬清雅，帶給我們一種快樂，這種快樂只有造訪世界著名博物館時才有。想起二十世紀四十年代常書鴻一行來千佛洞時的破敗與蕭殘，我們真要感激敦煌研究院幾代人所付出的心血。

是的，莫高窟有今日這般的好樣，不少有心人的愛心是有功的。邵逸夫爵士在二十世紀八十年代就曾對條件甚差的石窟捐資修護。難得這位大眾娛樂文化事業的巨擘，對古典藝術也那麼熱心。聽說這位百歲老人不久前還來了莫高窟，真是「邵老不老，壽比莫高」。

一次匆匆的美的巡禮

百聞不如一見，終於身臨石窟，親眼見到了敦煌的彩塑與壁畫。從一窟到另一窟，從上午到下午，看足了二十二個很具有代表性的石窟。自北魏經隋唐到宋元，內容豐富，目不暇給。平庸的不是沒有，但真看到了許多令人讚歎的藝術傑作，只覺得一天看得太多，不易消受。培斌真的不含糊，每進一窟，常是漆黑一團，他用手電一照，便照出窟中乾坤，不是一組組塑像，便是一幅幅壁畫，接着他便循光照所至，一一解說，

詳者詳之，略者略之。我們在八小時中，邊看邊聽，我事前的閱讀印象此時一一得到印證，好不快哉！佛與人物塑像，魏晉是一面貌，隋唐又一面貌，宋元又一面貌。壁畫之多之富，非親臨石窟不能想像，石窟之四壁，石窟之天庭上壁，都是畫得滿滿的，可貴的是雖經百千年之雪冬酷夏，有的竟然還有原色原味。誠然，許多已經褪色、變色，看來已難規復回天了。早期壁畫的佛本生故事，全來自印度原始佛教，特別是北魏的《薩埵太子捨身飼虎圖》，刻畫有力，可稱精品，但總覺太過殘忍。宗教感染力強，審美意識就弱了。經變畫最是多采多姿，隋唐之後，都屬大乘佛法，如觀音經變、觀無量壽經變、阿彌陀經變、報恩經變，有的已非印度佛教原典，而攙進了儒家倫理的觀念。越到後代，佛教越見世俗化與中國化，藝術與宗教也漸行漸離，藝術的獨立性在晚唐的《張議潮出巡圖》，五代的《五台山圖》更清楚可辨了。

培斌率領導遊莫高窟，在八小時內跨越了一千年的歷史隧道，這真是一次匆匆的美的巡禮。是的，在此之前，我已有過一次美的巡禮，

那是我讀李澤厚的傑作《美的歷程》時所感受到的。這次親身經歷的美的巡禮，儼然是讀了半部佛教藝術史。佛教在漢代傳入中土，魏晉南北朝時廣泛流行，在整個社會居統治地位，中國幾成佛陀世界。晚唐杜牧的《江南春》有「南朝四百八十寺，多少樓台煙雨中」之句，景色迷濛之美，躍然紙上，但他是否又在慨歎南朝統治者迷佛而貽害國是？佛教來中國在思想界曾引起很大反動，並且有滅佛之事。胡適把整個佛教東傳時代看成中國的「印度化時代」（Indianization period），他說「這實在是中國文化發展上的大不幸也」。胡適是個真實的理性主義者，他對佛家的宗旨與哲學「沒有好感」是不足為怪的。不過，說到中國的「印度化時代」，恐怕不長。實際上，隋唐以來，論者認為佛教是中國化了，研究佛教思想與文化最稱專博的湯用彤認為，印度佛教到中國，經過了衝突與調和的過程，到後來，佛教思想被吸收，加入了中國本有文化的眾脈之中，「佛教已經失卻本來面目，而成功為中國佛教」。一個清楚的文化與社會事實是：百千年來，在中國人的精神世界中佔主要位置的是儒家和佛教。

《薩埵太子捨身飼虎圖》

莫高窟的最大壁畫《五台山圖》是研究古代建築史的珍貴資料。作者
提供圖片，選自《發現敦煌》。

佛教藝術的中國化

　　佛教中國化後已是中國文化的核心了。是的，佛教的中國化也充分反映在莫高窟的佛教藝術的演變中。北涼、北魏時期的石窟彩塑與壁畫，多具西域色彩與形式，是混合了希臘、印度的犍陀羅（今巴基斯坦、阿富汗一帶）藝術的特徵，而佛教初無偶像崇拜，一般以蓮花、佛塔來象徵佛，也是犍陀羅藝術中始有佛像的雕塑。日人宮治昭的《犍陀羅美術尋蹤》（李萍譯本）指出犍陀羅美術通過絲綢之路傳到了敦煌，成為中國、韓國、日本佛教美術之源流，之後，佛教美術植根於亞洲不同民族的文化中，形成各具特色的造型藝術。的確，莫高窟西魏的石窟藝術已經顯現了中原文化的面貌。隋唐的石窟中，中國的藝術元素就更豐富了。吳道子、李思訓、韓幹、周昉是隋唐中國畫大家，他們在長安作畫，相信未去過敦煌，但莫高窟中，吳道子的吳帶當風的筆法、李思訓的青綠山水、韓幹式的馬、周昉式的人物，都依稀見之於石窟四壁，佛教藝術已人

間化、生活化、中國化了。五代的《五台山圖》，是莫高窟最大壁畫，長約十四米，高約三點五米，畫中是山西太原方圓二百五十公里的山川城池，以及四十多座寺院、二十餘座尼庵，識者如梁思成以為是研究古代建築史的珍貴資料。就畫而言，雖云是文殊菩薩的道場，但已非純宗教藝術，直是一幅大型山水畫了。

飛天與線之美

我相信參訪莫高窟的人，沒有不被飛天打動的。飛天在佛經中稱香音神，是蓮花的化身，她在天國晴空中往來飛翔，奏樂和散花，在中國佛教圖中，表達的是極樂世界的和平、幸福景象。據統計，莫高窟二百七十個洞窟中皆有飛天，共四千五百餘身。此次美的巡禮中，我雖未見到二九〇窟中一五四身各種姿態的飛天，也沒看到三二〇、三二一兩窟中被視為敦煌美中之美的飛

天，但我畢竟欣賞到二八五窟西魏的十二身伎樂飛天，秀骨清像，體態婀娜，不可方物。我也難忘在盛唐貞觀年間開鑿的二二〇窟中所見的飛天。在藍天白雲中，彩衣飛揚，滿壁風動，如聞銀鈴般的笑語自天上瀉落，真是一種美的享受。西方宗教畫有仙女，都是長了翅膀的，中國飛天則只憑衣帶飛舞，特別展現了中國「線」的藝術之美。

長久以來，線造型是中國畫的藝術形式。書畫同源，我一向喜愛線之美，線之魅力，但又不由得不想起晁海來。晁海來自西安，近年崛起畫壇，有一個「晁海現象」。他是我所見唯一不用線而是用積墨團塊在生宣紙上構建藝術造型的中國水墨畫家。他的筆墨宣示了一種新造的中國繪畫語言。他在生宣紙上所作難度至高的積墨，質感強，有油畫、雕刻的厚重，卻又有「隱」與「空」的氣韻。讀他的畫，有一種與天地精神相往來的崇高感。晁海的畫年前在香港中文大學展出時，給了我很大震撼，他是中國水墨天地中的一座奇峰。晁海對中國畫的世界性有強烈使命感與自信。他曾閉

門畫畫十年之久，其磨劍心志之堅毅可知。我此次在大西北時，特別懷念這位特立獨行的友人。

藏經洞與王道士的功過

　　當然，到了莫高窟，不能不到震驚世界的藏經洞的十七窟。洞窟內一座真人大小的寫實高僧洪晉像：神態莊重自然，着田相袈裟，禪定結跏趺坐。這個沉睡了約五百年的藏經洞是一九○○年道士王圓籙因清理流沙時偶然發現的。據一些記述，不通文墨的王道士，既愚昧又貪婪，為了幾百兩白銀就把成千上萬卷的稀世經卷、文書、絹畫，盜賣給英、法、俄、日等外國人，他是文化罪人；但亦有人認為沒有王圓籙就不會有藏經洞的發現，也不會有敦煌學，甚至連莫高窟也不會重入世人眼簾，故王道士之功遠遠大於其過。其實，說王道士愚昧貪婪，也不可說得太盡。事

實上，當他發現藏經洞之後，雖不識經卷文本的真正價值，他亦知不是尋常之物，曾經多番向當地知縣、道台匯報，但卻如泥牛入海，毫無正面回響。此後，他甚至寫過一個草單，「上稟當朝天恩活佛慈禧太后」，但也是杳如黃鶴，音訊渺渺。我們知道，發現藏經洞的一九〇〇年正是八國聯軍火燒圓明園攻入紫禁城的那一年，在那段風雲變色的歲月，老佛爺那拉氏正處於內憂外患、水深火熱之中，哪裏會去理會一個小道士的上書！一直到一九〇七年，英國斯坦因到敦煌尋寶，此時，王道士在無人過問的莫高窟，寂寞孤守已七年之久，當斯坦因見到王道士時，以玄奘信徒的身份跟他套近乎，他顯然十分受落，並可能是有感知遇而感動的。一九〇八年，法國的漢學家伯希和聞風而至。據說他一口漂亮的中國話，把王道士迷住了。伯希和的漢學修養一定也令他覺得對方是位講禮數的洋秀才。看來王圓籙把石窟的經文讓斯坦因、伯希和以及俄國的柯斯洛夫、日本的橘瑞超等一箱一箱的運走，恐不完全因貪婪為數不巨的白銀吧！當我看着高僧洪䇦孤坐在空空如也的洞室時，我不是在想王道士的功過，而

是在想對斯坦因、伯希和這些文化名士的評斷不知該用怎樣的春秋筆法！這事使我憶起三年前遊柬埔寨吳哥窟時見到的一尊失而復得的無比精美的石雕佛像。原來那位偷運失手被捕的是鼎鼎大名的法國哲學家 André Malraux（後來成為法國文化部長），我真不知該說什麼了。他應是一位十足的好古雅賊吧，但雅賊雖雅，畢竟是賊啊！說起雅賊，還有分辨。有的賊得雅，有的賊得不雅。我在莫高窟三二三石窟，看到《高僧劉薩訶圖》，右下是設壇送石佛的風光排場，左側是僧人雇船載石佛，講的是石佛浮江的故事。畫中十多隻船，有划槳、搖櫓、張帆、拉縴，動作不一，全圖闊大華美風韻流暢，是盛唐的美妙之作，卻偏偏左下角一幅最早出現的大船圖像被一大塊白色抹去。此圖此景猶如楊玉環豐腴紅潤的臉龐貼上了一大塊不乾淨的白紗布，看了不禁叫可惜，令人心恨不已！原來這是美國一個叫華爾納的所為。華爾納於一九二四年獲哈佛大學福格博物館資助，預先把化學藥品鋪在布上，在莫高窟五天工夫黏去壁畫二十餘幅，此是其中一幅。華爾納這種黏剝割取的手段，豈止賊得不雅，

莫高窟二七五窟的交腳彌勒像帶有濃厚的犍陀羅風格特徵。作者提供圖片，選自《中國古代雕塑》。

直是橫暴野蠻，難怪樊錦詩院長要説「令人髮指」了。

古文物命運的浮想

遊莫高窟，誠賞心悦目之事，且真感到敦煌石窟是個偉大的藝術寶庫，但到了藏經洞，看到三二三窟，浮想就特別多。近代中國古文獻古文物的流失海外，遠遠不限於敦煌，思之感慨。不幸中之大幸者，敦煌藏經洞的經卷、文書，幾乎都穩妥地展存在世界不同的博物館。學者研讀，應無阻難，不啻是世界之公產。一九八七年，莫高窟被聯合國教科文組織列為「世界遺產」，在某一意義上，亦是向全世界開放，供全人類觀賞。古文物的命運，禍福不一，古文物最怕的是不識貨，最不幸的是遭到敵意的破壞。「文化大革命」時，敦煌石窟就被咒為「魔窟」，而石窟的佛教藝術則被罵為「黑貨」、「毒草」，可幸莫高

窟遠在沙漠戈壁，逃過了紅衛兵的一劫，否則壁畫不被毀，佛像不遭斷頭削臂之厄運者難矣。二〇〇五年，阿富汗的南亞第一重要的巴米揚大石佛被塔利班狂熱分子炸毀的電視鏡頭，至今無法忘去。

榆林窟的峽谷勝景

十月八日，訪榆林窟。榆林窟是莫高窟的姊妹窟。

昨日看了一整天的彩塑、壁畫，雙腳還不算太累，因不停仰俯，脖子真有些酸硬。今天一大早上車，因需繞路，中午才到榆林窟，頗感倦怠，但當榆林窟出現在眼前時，一身懶意不翼而飛。好一個景色！這是團友落車後的同聲讚歎！榆林窟在莫高窟之東，安西縣西南一百五十里的峽谷中。石窟開鑿於榆林河峽谷相距一百米的東西兩岸，此所以榆林窟又名萬佛峽乎？萬佛峽是

唐、五代、宋、西夏、元清八百年之壁畫和彩塑，東岩三十窟、西岩十一窟；峽谷中河水鏗鏘有聲，兩岸斜坡上有一叢叢矮樹，是點綴在一大片黃沙岩中的塊塊青綠。黃乃正兄以前來過，也不禁喜形於色，他夫人上下遊走，顯然是樂水樂山之人。我們總共看了八個石窟。培斌著衣不多，團中朋友忙為他披上厚外套，就容不得他受寒，他的講解是暗室中的明燈，當手電照在清代重修的塑像時，他輕輕說：「這是清代重塑的，很漂亮是吧，不必看了。」但到了第二窟，第三窟，特別是二十五窟，培斌的興致就來了，光照所到，他就娓娓而講，團友「噢」、「啊」之聲，隨他而舞。

第二窟的《水月觀音圖》聞名已久，一見難忘。水月觀音為唐代大畫家周昉所創，壁畫中出現則在五代、宋後，敦煌石窟群中現存有二十九幅，而以此窟西夏的兩幅最為上乘。西夏壁畫如此精湛，誠使我喜出望外。兩尊觀音菩薩皆傍水倚石而坐，全身籠罩在水晶般的光暈之中。坐像之下，碧波蕩漾，流水粼粼；像之上方，皓月當空，彩雲朵朵；觀音身披天衣，瓔珞垂胸，華貴

上為榆林窟東崖，下為榆林窟西崖。作者提供圖片，選自《安西榆林窟》。

榆林窟第三窟普賢變壁畫是西夏之物。作者提供圖片，選自《安西榆林窟》。

中見清雅，親切中顯莊重，據說四十年代，張大千來此臨畫時驚歎不已，流連忘返。佛教藝術中畫觀音菩薩者多，能如此畫之令人動容者，不數數見也。

大千居士的敦煌留痕

第三窟亦是西夏之物，四面壁畫，無不可觀，東壁的五十一面千手千眼觀音，固是絕妙佳構，而我最鍾意的則是西壁南北側的文殊變與普賢變二圖。文殊與普賢二菩薩，均一腳踏蓮，半跏趺坐在青獅與白象背上的蓮台之上，簇擁在周圍的諸天菩薩，各都有十餘身，或乘雲，或踏水，或腳踩蓮花，都是頭戴高冠，身着寬袖長襦，純是佛教繪畫的中國意趣與風格。兩幅大畫之構圖極見巧思，諸天菩薩所立之方位，遠近不一，但覺雲步相連，滿天風動。論者認為整個畫面最有審美價值的是出神入化的線描藝術，不論

是畫山畫水，畫樓閣或是畫人物，都把纖細遒勁的「鐵線描」與展轉自如、變化多端的「蘭葉描」的功夫，發揮到淋漓盡致。這樣的畫，這樣線描的本事，真是一生哪得幾回看啊！

不容說，到了榆林窟，誰都希望一睹第二十五窟。這是中唐石窟的極品，此壁的彌勒下生經變與西方淨土變，南壁的觀音無量壽經變，西壁的文殊與普賢變，都顯示了高度的精緻與純熟，體現了唐代豐腴美健、絢爛華麗的風格。無怪乎大千居士甘冒苦寒而臨寫。此壁上，我看到居士題字：「辛己十月二十四日，午後忽降大雪，正臨寫淨土變也。」居士之題名已被塗去，他的字我是認得的。常書鴻與他的妻子李承仙顯然也特別看重二十五窟，他們曾對整窟作重點臨摹。常書鴻之後的二任院長——段文傑、樊錦詩都把此窟視為唐代壁畫的典範。

欣賞了榆林窟，已近午時，團友個個面帶笑容步出石窟，乃正兄說，他看過榆林窟，但這次才看到二、三、二十五窟。我們這個團真是幸運。我見梁英偉伉儷已悠閑地坐在峽谷崖邊一棵白揚樹下，身上灑滿了從樹枝中篩落的陽光。悄

悄地，我用相機捕捉了他倆滿足的神情。

　　真的，此生如不到敦煌，是一恨事；到了敦煌，看了莫高窟而不到榆林窟，又是一憾事。我是如此感覺的，當我們離開榆林窟時。

一切隨緣

　　十月八日午後，我們去了鎖陽古城。古城為正方形，故有「算盤城」之稱。一說建於漢代，一說建於隋唐，是絲綢之路上的軍事重鎮，與陽關、玉門關遙相呼應，成鼎足之勢。我們的行程是從敦煌去嘉峪關，路經鎖陽，故有此遊。古城僅存四方殘牆，城內所見只是一堆一堆短柳灌叢。距城東約一公里處，唯一可見的是不辨面目的唐代開元寺遺址，據云唐僧曾在此講經。但古城當年面貌已完全無從想像，也很難興思古之幽情了。看了鎖陽古城，覺得陽關、玉門關不去或更好，至少我在詩句中還可繼續浪漫的神遊。

離鎖陽城，繼續東行去東千佛洞。東千佛洞是敦煌石窟群之一，言藝術價值，恐非西千佛洞可比，只因我們要東去嘉峪關，故選遊此洞。意想不到，去東千佛洞途中，車子卻過不了一個新塌陷的沙石坑。大家落車，車重減輕，還是不濟事。此時天空白雲疾飛，戈壁灘默默無聲。在往昔，這是一個呼天不應、喚地不靈的沙漠絕境。但團友們談笑自若，無一絲驚慌，只見導遊用手機正與敦煌的公司聯絡，團友中還有用手機與香港朋友聊天，笑聲不絕。噢！手機之用大矣哉！大西北電話普遍程度不知，但所見者幾無人沒有手機，無怪乎中移動股票的一漲一落要牽動萬千香港市民的魂竅了。心中正想着手機，突聽見團中長者仁山兄大聲説：「不去東千佛洞了，去嘉峪關吧！」他這個決定看來是合乎民意的，團友無異議地魚貫上車，培斌説：「一切隨緣吧。」東千佛洞內當然也有西夏的精彩壁畫，《玄奘取經圖》早於《西遊記》三百年，甚著聲名，而其觀音曼陀羅還有「中國古代第一艷佛」之稱呢！此行不得一睹，無緣也。

邊城雄關今古

去嘉峪關的路上，車子足足走了三小時，將抵達這座長城最西端的關城時，已是黃昏時分。一輪紅日，自無涯大漠的西邊，滾滾墜落，染紅了遠天一角。在城市住久了高樓，很難想像大漠落日可以如此壯麗。

是夜，宿嘉峪關賓館，晚飯後，團友三五結隊，分別在嘉峪關的新城散步。據告新城是一九六五年建的，以鋼鐵業為主幹，樓屋櫛比，規模不小，馬路寬直，兩旁種了一行行的樹，在燈光下顯得特別青翠。我了解這些樹是種在戈壁灘上的，生長不易，塞北有這等環保意識，令人歡喜。邊城一夜，睡得很穩。

十月九日晨，在陽光中登上已有六百年（明洪武建）歷史的嘉峪關，關池呈不規則四方形，十分宏大，內城外緣周長六百四十米，牆高九米，面積二十五萬平方米。關之南有祁連千仞雪山，關之北是氣勢險峻的黑山，兩山對峙，形成天險。清嘉慶肅州總兵李廷臣手書「天下雄關」

四個大字，勒石為碑，這個「雄」字確用得好。一八七三年，清名將左宗棠出兵西域，收復新疆失地，趕走入侵的沙俄，回師過嘉峪關，心高氣壯，寫了「天下第一雄關」的匾額。他把長城東端「天下第一關」的山海關的「第一」二字加在「雄」字之前，越發抬高嘉峪關之雄了。

　　站在城頭，俯目四望，心氣油然而高而豪，所謂一人當關，萬夫莫開，此之謂乎！一三七二年，明朝大將馮勝進軍河西，收歸敦煌，但未幾就在吐魯番進迫下全面東撤，並在肅州以西三十五里處修築了嘉峪關，據關而守。敦煌一帶的關西之地都置於防線以外，從此陸上絲路轉去海上絲路，中原與西域的交流雖非全斷，但中國西出的要隘已移至嘉峪關。在吐魯番統治下，敦煌火紅千年的佛教因之冷寂，莫高窟也從此湮沒無聞矣。

　　嘉峪關關城內外，景象大異，城之外，向東北遠望，所見是上不見飛鳥，下不見走獸，一片無際的蒼涼戈壁；城之內，東西一字排開的嘉峪關關樓、柔遠樓和光化樓，樓台相望，是一派人文氣象。三座都是三層木檐木結構建築，樣式諧

和，有古典美感，但我總覺得，嘉峪關關樓的美是雄性的，柔遠樓的美則是女性的。來不及看文昌閣、關帝廟，內城的青青柳枝，已叫人歡喜不已。當地人説，它們不是我想找的「左公柳」，在嘉峪關依然可見的是外城左宗棠手植的一棵兩人合抱、綠蔭如蓋的「左公楊」。

天下第一的地下畫廊

從嘉峪關關城出來，在鄰近不遠處參觀了長城博物館。培斌説，這不是博物館，是展覽館，展覽的是一個上下三千年，東西一萬里的長城故事。很好，值得看。接着我們就去嘉峪關東北二十公里外的新城鄉的南郊。地上是一大片生趣寂無的戈壁灘。我們要看的是地下十數米深的墓穴中的魏晉壁畫。墓穴由紅磚砌成，壁畫就在四壁一塊一塊的紅磚上。七十年代在這片戈壁灘，發現了一千四百座磚墓群，規模龐大，有「世界

最大的地下畫廊」之稱。在開掘的一部分中，參觀了第六、第七兩座墓，再看了西涼王墓，規格比一般世家的大了許多，墓道又長又寬，很有點氣派，但無帝王氣象。

地下的磚畫，筆法線條簡練有力，老拙中有稚氣，畫趣盎然，其中精卓的真有幾分新亞老畫家丁衍庸的筆意。六號墓磚所見羊群、馬群、

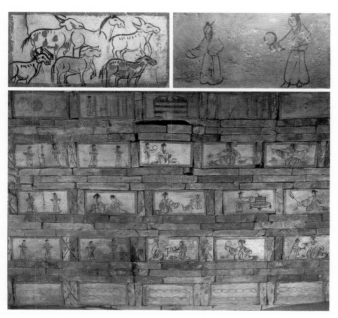

上左：六號墓的牛羊群磚畫。上右：六號墓的舞女磚畫。下圖：六號墓室中的東側壁畫。作者提供圖片，選自《嘉峪關文物集萃》。

雞群、獵鷹、獵犬，栩栩如生，七號墓磚上的飲宴、煎餅、燙雞、燒火做飯、貴婦人、侍女、騎士、舞之女、露車、幢蓋犢車，頗能意會當年中原移民的貴族式生活，這是我絲路之旅中意外的眼福。

蘭州：黃河之城

自嘉峪關坐一宵火車，十月十日清晨，進入中國地理中心的蘭州。

蘭州是唯一黃河通過市區的古城，我們在象徵母親河的母子石雕前下車停留片刻。生長在長江流域的我，還是第一次如此親近地站在這條孕育了中原文化的母親河的岸邊。對面是北山，隨滾滾河水向東遠處望去，茫茫濛濛裏見到黃河第一鐵橋。

蘭州的煙霞比香港濃了許多，一出火車站就感覺到了。蘭州是一個古老城市，近年發展力度

大，空氣污染越發厲害，發展與環保顯然困擾着蘭州人。蘭州人指着路上濃濃鬱鬱的街樹說，槐樹是蘭州的市樹。樹好看，但樹葉卻沒有我在敦煌所見的翠綠。

甘肅絲路文明的故事

　　參觀甘肅省博物館是我們在蘭州唯一的旅遊活動。這是一幢現代西方式的大建築，如果把它挪到香港，它也是完全可以配得上「亞洲的世界城市」的身份的。甘肅省博物館的藏品豐富，大都是考古發掘的文物，逾八萬件。入館即見到寫着「甘肅絲綢之路文明」的石刻。忽然想起，我們此次絲路上所看的石窟都是在甘肅省的。佛教石窟遍佈全國，但最集中的是在甘肅、新疆，兩地石窟共有二千一百九十七個之多。甘肅一省佔一千二百五十四個，堪稱國中第一。甘肅不只石窟多，地下的自然與人文歷史更豐富。展品中一

頭恐龍與一頭巨象的遺骸就是在甘肅出土的。大恐龍的遺骸是見過的，但這頭比非洲大象大近一倍的巨象則未之前見，據說它是我國迄今發現最大的古象。想牠活着的時候，跑起來一定是天動地搖！

館中展出的彩陶，一個櫥窗接着一個櫥窗，按時序系統陳列。為我們講解的女士，又專業，又有耐心，講得好，而且每問必答。近年內地考古發掘的成就真是出色，這是我第一次看到大地灣出土的彩陶，距今八千多年，比仰韶還早了二千年。好像近年每一次重要的考古發掘，就會把中國五千年歷史再上推千年。看來，中國歷史不止在世界最長壽，還可能是最早的呢！

甘肅省博物館的出土文物，值得看的實在多，到蘭州不來此館，就如到台北未去天母的故宮博物院，用廣東話說，是走寶了。因為是日下午要去炳靈寺，無法一室一廳的慢步品賞，我以走馬看花的速度，從一樓轉上一樓，一心要去看的是名聞海內外的鎮館之寶——銅奔馬。銅奔馬出土於河西四郡的武威，我定睛凝視大廳中心這件東漢的傑作時，不由對那位無名藝匠由衷歎

銅奔馬

佩！古有天馬之說，此非天馬而何？唯天馬可以行空，此正行空之天馬也歟！銅奔馬三足騰空，只有右後腿的馬蹄與展翅飛燕相連，歷來多稱之謂「馬踏飛燕」，畫家常書鴻認為應將「踏」字易為「擺」字更當，我不知名之「蹄點飛燕」，如何？

炳靈寺的奇崛山水

絲路之旅最後的石窟尋勝是甘肅永靖縣的炳靈寺。

炳靈寺是著名的石窟寺，其藝術價值，有學者認為僅次於敦煌莫高窟。它特別受到重視的是：它在我國石窟中有最早的題記——「西秦建弘元年」（公元四二○）。莫高窟開鑿更早，但其最早的題記是——二八五窟「西魏大統四五年」（公元五三八—五三九），比炳靈寺的晚了百餘年。炳靈寺的稱謂歷代有變，今之名始於明代，

取藏語「十萬佛」之音譯。炳靈寺自清以來，自生自滅，荒廢已久。二十世紀中，西北文化部文物處組織了趙望雲、常書鴻、夏同光、吳作人、李可染、張仃等人的「炳靈寺石窟勘察團」，才開始有了修建。今日石窟的編號就是常書鴻、夏同光與老工人寶占彪等在危岩上搭架攀登，於危危乎的情況下，逐一完成的。

炳靈寺有自西秦、北魏，經隋唐到明清各代石窟三十四個，龕一百四十九個，大小石雕佛像六百七十九尊，泥塑八十二尊，壁畫九百平方米。這個以石雕佛像為主的寶庫，已是全國重點文物保護之地。我們從甘肅博物館出來，即乘車直奔劉家峽水電站大壩，約七十五公里。用過午餐，再在大壩處換登遊艇，飛馳在五十四公里長的高原平湖。五日來見多了沙漠戈壁，眼前景象迥然不同。湖水浩浩渺渺，兩岸山山相接，是一帶不盡的綠色。遊艇駕駛員說，坐遊艇去炳靈寺，一小時可達，未建水庫的大湖時，山川跋涉之勞就少不了。是的，我記得常書鴻等一行文士，一九五一年自蘭州出發到炳靈寺，又坐車，又乘馬，又步行，攀山涉水，歷經艱辛，用了整

炳靈寺山水。作者攝。

敦 煌 語 絲

整三天時間。想起上一代人，越感到我輩今日旅遊是何其便捷舒適。昔之日，黃河在山谷中洶湧激盪；今之日，黃河在山山環抱中變成了高原平湖。兩岸綿延不絕，樣態奇特的大山，有點像漓江的兩岸，但又不像，倒是浙江的千島湖，使我覺得這個高原平湖可稱之「千山湖」。駕駛員說，湖水平時寧靜，大風雨來時，波濤滾湧，是另一種光景。這就讓我憶起一九八五年坐破船過太湖時的落難情景來。二十多年來，神州變化真大，真正說得上「敢教日月換新天」。他又說，此湖山勢變幻，有「黃河三峽」之景，曰劉家峽、曰炳靈峽、曰鹽鍋峽，語未竟，艇已進入姊妹峰，炳靈峽已在視域中矣。登岸遠眺，但見山巒重疊，群峰自湖中千丈拔起，直是李可染的奇崛山水圖也。

最後所見的佛尊

入小積石山幽幽深谷，隨曲折迴廊，一轉再轉，景色因地形而三變，谷底積水未竭，河床綠樹處處，不知秋之將晚。昂首仰望，峰巒攢湧，霞蒸雲蔚，炳靈寺景觀奇秀壯美，未見石窟，已覺此行不虛。誠然，石窟破損太多，不是封閉，便是正在修建，不得其門而入，壁畫是看不到了；沿着迴廊，紅沙岩外壁的石刻佛像、菩薩像，約有百米之長，不少已經殘缺，但其中也有西北魏與唐代的精美佳作。明代的最多，培斌説藝術性不高。大家的興趣幾乎都投在八九層樓高的大佛身上了。大佛依山鑿刻，當是小積石山鎮山之佛，一里外已可見到巍峨身影。從山腳往上瞧，佛面雙眼如閉若開，嘴角緊鎖，似不忍見人間之苦而愁憂。

宗教味重，藝術的審美就不在刻匠的意念中了。講到審美的藝術性，我是十分欣賞一六九窟的雕像的。一六九窟是一天然石洞，洞中四壁都有佛像，有的正在修補中，最美的是右上壁兩尊

佛像，秀骨清姿，結跏趺坐，在巨岩粼粼的石紋之上，飄逸如坐層層雲天之中。這是我絲路文化之旅中最後所見佛尊的藝術形象。

絲路之行的體能考驗

我要一說的是，瞻賞一六九窟實在大不輕鬆，洞窟高度恰在大佛的眉眼之間，高不可攀。為了有心人瞻觀之誠，自山腳到洞口，炳靈寺中人搭建了五座上下相接的長梯。上去不易，下來更難。新亞校友個個藝高膽大，一個個氣閑神定的爬上去，一個個神定氣閑的爬下來。李潔蘭與夫婿吳文華都是退休之人，身子也有分量，但見他伉儷倆，妻上夫亦隨上，夫下妻亦隨下，手足相連，兩心合一，沒有驚叫，但聞掌聲。仁山與我是團中年歲最長之人，團友不免為我們擔心，但仁山真有本事，身輕如燕，爬搖搖乎的臨空長梯如履平地。我與仁山年歲相若，但體重超標甚

炳靈寺石雕。作者攝。

上圖：炳靈寺一六九窟內景。最後看見佛尊的形象。作者攝。下圖：
炳靈寺一六九窟內景。作者提供圖片，選自《中國古代雕塑》。

多，所幸年輕時有健身的底子，深知不能學仁山如燕飛步，但臨危不亂，一心不作二用，一步步上，一步步下，也全身安然下得梯來，呼吸雖頗急促，還能作若無其事狀。不管怎樣，我自己暗暗歡喜，在這次絲路之行中通過了一次體能的考驗。

常留記憶敦煌行

訪遊了炳靈寺，新亞書院的「絲綢之路文化遊」已畫上圓滿句號。當晚回蘭州，宿陽光大酒店。晚餐時，喝酒泉的高粱，酒興高，但酒名與酒味已不復記憶。旅遊時，我總愛品當地的酒，嘗當地的菜色。蘭州拉麵是聞名已久的，團友們可以不喝酒，卻不肯不吃拉麵。奇怪的是，吃蘭州拉麵時，我越發想念香港尖沙嘴一家茶餐廳的牛腩撈麵。

翌日（十月十一日），從蘭州飛西安，再從

西安飛香港。在機艙內，展讀五天來的所見、所聞、所思的筆記，自我的感覺很好。一生遊訪之地不少，因十九未作筆記，有的已淡忘、模糊了，但絲路所見、所聞、所思不會忘、忘不了。常留記憶敦煌行。

戊子年二〇〇八年正月初五完稿

天台「玉梁瀑布」絕景。本文圖片均由作者提供，選自《天台山》一書。

歸去來兮，天台

二〇〇七年五月十四日，家鄉浙江天台（台讀胎，非臺字之簡寫）的湯春甫先生來香港看我。湯先生的大名早有耳聞，他在天台縣造建佔地百畝的佛教城，有佛像萬尊，是被稱為「佛國仙地」的天台的一個新景觀。湯先生的佛像造塑冠絕一時，一九九二年世界佛教大會授予「佛藝大師」之封號。我在香港中文大學的研究室迎見這位法名普義居士的大師時，一見如故，無話不談，與大師同來的普濟居士陳河先生連說有緣有緣。湯大師說：「金教授，您是我們天台人，故特來看您。」說起天台，我已整整六十年未回去了。抗戰勝利後，十二歲時，父親帶我們一家回家鄉住了一個月。我對天台的印象很模糊，家鄉的事、家鄉的山山水水都是從父母口中得悉的。「啊！金教授，您已一個甲子未回家鄉了！真應該回去看看了！」湯大師的家鄉口音，字字入耳，使我原本就有回家鄉的念頭更堅定了，說實話，自雙親亡故，埋骨在台灣青山，我已把台灣視為「家」了！三年前，我在香港中文大學退休，樹基弟也在台灣地區從政府退休，我們不時想回到雙親的祖地看看，天台畢竟是我們的原鄉呵！更

何況天台的人文風景一直吸引着我們。李白的詩「龍樓鳳闕不肯住，飛騰直欲天台去」，把天台寫成了天城仙鄉！

因湯春甫大師的幾句話，我與樹基弟商量後，就決定了原鄉之行，心中不禁吟起「歸去來兮天台」！

天台是千年古城，古城多的是傳奇故事

六月一日，樹基弟夫婦、潤生兒夫婦與我五人會聚上海，下午二時許，坐陳河先生準備的中型小巴直奔天台，就這樣開始了我們的原鄉之行。

車經杭州、紹興，一直都在高速公路上奔馳，曾幾何時，高速公路還是改革開放後的新生事物，而今天我國的公路里數在全世界已僅居美國之後了。二十年來，交通的建設已根本改變了祖國大陸的時間與空間。在我小時候，天台是個水陸難到的山城，就在幾年前，從上海到那裏，

經省道、國道，行行重行行，還需折騰八九小時，而今天三個多鐘頭就可抵達了。

談笑間，陳河先生提醒大家已到新昌縣境內，此時車在爬山越嶺，在山之間一座座高架公路上盤旋而上，兩旁峰巒重疊，山勢突兀，我想起李白「天姥連天向天橫，勢拔五岳掩赤城」的詩句，我們該是在新昌的天姥山上了。既到了天姥山，天台山就在不遠了。

說着說着，車已穿入二千四百米的盤龍嶺隧道，一出洞口，見到的又是山連山，山外有山，車在山巒青峰中蜿蜒盤旋，緩緩而下，正欣欣然欣賞着滿目的墨綠翠綠青綠，樹基弟說：「家鄉到了，看見不——『天台山歡迎您』的大牌坊？」

天台山盡人神之壯麗

天台縣因天台山而名，台州府想亦因天台縣而名吧！台州府在隋唐之際已擁有臨海、黃岩、

玉珠潭

天台、仙居、寧海五縣，居浙東的台州名山林立，括蒼、雁蕩、天台、巾子諸山，無不人文與自然雙美，千年來，騷人墨客，登臨不絕，朱熹有詩云：「今古詩人吟詠盡，好山無數在江南。」實則江南之勝，豈止在蘇杭，我家天台山高不過千餘公尺（李白的「天台四萬八千丈」的誇張詩句，可與他的「白髮三千丈」齊觀），但靈秀峻奇不可方物。天台山是「佛宗道源」之地。所謂佛宗，是指它是中國佛教八宗之首的天台宗的祖庭所在，道源則是指它是中國道教南宗的發祥地。故天台山有「東土靈山」之稱。東晉文學家孫綽《遊天台山賦》，開首就讚歎：「天台山者，蓋山水之神秀者也……夫其峻極之狀，嘉祥之美，窮山海之瑰富，盡人神之壯麗矣。」歷代文人高士如王羲之、李白、孟浩然、朱熹、陸游、湯顯祖、石濤，皆曾千里迢迢慕名登躡，無怪乎明代旅遊家徐霞客要把天台山作為出遊的第一座名山了！

　　黃昏時分，我們抵達天台山山麓的天台賓館，賓館依山而建，氣勢格局皆有可觀，最喜歡的是，我房間露台面對的是國清寺後一山的翠竹

青松。聽說賓館是東南大學一位老教授的手筆。五月底，我曾在東南大學作「華英講座」，講「大學之道」，知道東南大學在中國古建築上最稱傑出。

當晚，家鄉的領導徐鳴華等幾位先生在賓館設宴款待，湯春甫大師亦在座，這是我與樹基弟事先完全不知的，很使我這個離鄉人愧不敢當。入席後，滿座親切的鄉音，一桌地道的家鄉口味，不需要白酒黃酒，我們已感到回到原鄉的溫暖。樹基弟感慨最深，在大陸改革開放前，他甚至覺得有生之年，到月球難，到家鄉更難。是夜，我與他踏踏實實地散步在家鄉的土地上，有一種心願得償的淡淡歡悅，但我們也不禁感嘆，雙親自一九四九年一別故土便再無回鄉之日。說來，我們自己都已過「古稀今不稀」的七十之齡，此次，可惜妻因腿傷未來，但高興長子潤生與妻美嘉都同來了。潤生說他將來還會帶他的兒子文洛來天台，他是美國長大的，早有尋根的念想。

走出原鄉，成為家鄉的驕傲

天台的縣城，不特別大，還是蠻有格局的，我父親出生之地嶺跟則是一個隱蔽在深山冷坳的

方廣寺

敦 煌 語 絲

小村莊。我還依稀記得的是祖屋門前一條山水淙淙的左溪。陳政明先生為我們安排了「尋根之旅」，原先，樹基弟與我是準備悄悄地回老家的。事後想想，虧了陳先生、湯大師，不然真是無法找到這樣偏僻的地方的。我們剛抵達嶺跟，整個村莊已燃起爆竹，左溪兩旁，老老少少，男男女女，數百位鄉親都出來了。走近時，我們即刻被蜂擁而上的熱情的手和親切的笑容所包圍。這使我強烈感受到父親在家鄉有一個好名聲，好人望。一位同姓的村委會書記金先生，好不容易把我們帶進村委會的兩層樓的磚屋子，進門後，在鄉親主持下，按村民世代承襲的祭祀儀式，祭天地後再祭祖先。難得是潤生與美嘉在跪拜時做得中規中矩。到二樓，桌上擺滿了水果和糕餅，金書記代表村委會詞誠意切地歡迎我們回到家鄉，還要我題了字。金書記告訴我們，嶺跟正是我們入天台時所經盤龍嶺隧道口高架公路的山腳下，父親的祖屋因修築高架公路拆遷了，現在村委會的這間磚屋是政府賠償給父親的。我聽了，沒有驚訝，因為年前我已聽聞了。為了家鄉的發展，特別是為了天台可以與外面世界打開一條大路，

父親是不會生氣的。我與樹基弟隨即表示這幢賠償的兩層樓的磚屋，就給村委會使用吧！謝了村委會為我們新修的家譜，我步出屋外，認真地抬頭看那高聳入雲的盤龍嶺的高架公路，我可以體會到，深山無路，父親當年走出天台是何其之難啊！不是當年父親走出天台，他哪能有後來的一番事業？他又何能成為鄉人的驕傲？據說，在內地近二十年的大發展中，天台縣五十六萬人中，從天台走出去的已有十七萬之多。我相信這十七萬當中有不少已成為今天遍佈大江南北的「浙商」了。

想起兒時，更想起雙親

離開父親的祖居地，我們一行去到木坑，走過一個又一個的小山頭，在一新建的水庫岸邊的小山上，看到了我祖父母的墓地。周圍樹木扶疏，而不見雜草叢生，墓園很整潔，想是鄉親已作了清掃，墓碑因年久呈黃褐色，但字跡清晰可見，上刻「民國二十一年十月吉日，金公登峴暨德配陳夫人之墓，浙江省政府主席黃紹竑題」。

這個墓是父親手立的，祖父母生平我所知不多，但我們兄弟都十分清楚，祖母早年寡居，獨立撫養父親成人，她不理鄉里的阻勸，硬心把本來不多的祖田變賣，讓父親出外求學，因她知道父親是一個不甘困守深山冷坳一輩子的青年，在父親口中，祖母是一位了不起的女性。

在微雨軟風中，拜了祖父母的墓，我們又轉到白鶴殿，那是我們母親的祖居之地。白鶴殿的名字有點仙氣，它是新開大路旁的一個大鎮，比父親的嶺跟體面多了。母親出身寬裕之家，是她甘心下嫁給窮書生父親的。母親沒有正式讀過書，但深悉為人處世的禮數，她不止對她的兒女慈愛，對一切人都寬厚，母親信佛，在她生前很多人跟我說，「你母親像個菩薩」。回到家鄉就想起兒時，更想起雙親。如今白鶴殿、母親的祖屋已不在了。

白鶴殿鎮長帶我們去看母親的一房親戚，夫婦二人是從遙遠的寧夏趕回來與我們相見的。兩層樓的家，一百多平方米，傢俬都是新的，電視機比我家裏的先進許多，他們的家境不會低於香港的中產家庭，他們是「走出去」的一對天台人。

鎮長説，不算大的白鶴殿，走出去的人不算少，竟有十人在外營商，賺得上億身家，這十個人有十個故事，口傳口，時間久了，有的故事便會變成神奇的傳説。是的，白鶴殿向來就多傳説。抗戰期間，一支日軍來到天台，當行至白鶴殿時，突然停止前行，把槍頭倒轉過來，因為前方就是天台山的國清寺。國清寺是佛國聖地，更是日本天台宗的祖庭，日軍不敢再弄槍舞刀了。

有個傳説更神，日軍的一隊軍馬，行到白鶴殿的石板路時，都齊齊下跪不前了。天台是個千年古城，古城多的是傳奇的故事。

名山古刹：中國山水文化的絕色

到天台，不能不遊天台山；遊天台山，不能不訪國清寺。國清寺是隋代古刹，已一千四百年了。佛教自東漢傳入中土之後，中國的名山幾乎沒有不建有寺廟的，名山古刹是中國山水文化的

風景絕色。

天台山的國清寺是隋煬帝楊廣為紀念創立第一個中國佛教的宗派——天台宗的智顗大師而建造的，始名天台寺，大業元年賜額「國清」。智顗大師（公元五三八—五九八）十八歲出家，太建七年（公元五七五）入天台山，建草庵，講經修法，後在京城、荊州、廬山等地講經，隋開皇十六年（公元五九六），歸天台，十七年在石城寺入滅，葬天台佛瓏山。

智顗遠紹天竺龍樹，近承北齊慧文、慧思，以大乘佛典為依據，融會中印文化，強調「止觀雙運」，提出「一念三千」和「三諦圓融」特創之說，建立中國佛教第一宗。因智顗棲息天台山，故名「天台宗」。智顗生前已有「人間說法，最為第一」之譽，後世尊為「東土釋迦」。智顗曾為陳、隋兩帝之師，隋煬帝為晉王時謂「大師傳佛法燈，宜稱智者」，此後世人稱「智者大師」。東土佛國，教派林立，各自說法各自精彩，法相宗創始人唐僧玄奘，千山萬水，西域取經，固是一代聖師，因《西遊記》一書，玄奘更成為家喻戶曉的人物，但數中國佛教之奠基人則非智

者莫屬。他是中土佛門第一僧。

　　智者大師著述宏富，即以晚年講述，經弟子
灌頂大師筆錄而成的《法華文句》、《法華玄義》
和《摩訶止觀》，世稱「天台三大部」而言，足
可稱得起「博大精深」四字。新儒家中最具哲思
的牟宗三先生，説到天台宗圓教的哲學智慧和哲
學境界時，三致其意，推崇之至。中大校友，現
在浸會大學教授佛學的吳汝鈞教授，專治天台
宗，他寫的《天台智顗的心靈哲學》使我得益甚
多。我是天台人，但對天台宗卻是門外人，為了
參訪國清寺，曾讀了些有關天台宗的書。真的，
遊國清寺，必須是「讀」國清寺，國清寺是一部
大書。這部大書的中心是天台宗，天台宗的核心
人物是智者大師。

「十里松門國清寺」

　　小時候與樹基弟遊國清寺，最難忘記的印
象不是寺，而是去到寺門一條長長的青松夾道的
磚鋪幽徑。此後幾十年，國內國外，不知去過多
少地方，但再也未見這樣一條走不盡，也捨不得

走盡的蔽天綠蔭的萬松之徑。後來讀到唐人皮日休「十里松門國清寺」的詩句，方知我記憶不欺。不過，這次車子行在瀝青路上，剛欣見兩旁面熟的青松時，車已停在國清寺的山門外了，當地人說「十里松門」的國清路比前短了許多，我還來不及問原因，已經被國清寺山門外的景色所吸引。這使我想起著名的「五峰勝景」。國清寺四圍是五座山峰，寺前祥雲峰，寺後八桂峰，寺東靈禽峰，寺西靈芝峰，寺之西北面有映霞峰。站在「隋代古剎」照壁前，古木參天，看不清五峰之勝，但覺霧嵐縹緲，山風習習，真是個清幽世界。此時萬籟俱寂，只聽到「豐干橋」下北澗和西澗合匯相激的錚鏦之聲。據說，盛夏大雨時分，山洪暴發，兩澗一清一黃，交相激盪，蔚為奇觀，稱「雙澗迴瀾」，是天台八大景之一。

國清寺建於隋，唐會昌年間（公元八四五），武宗下詔滅佛，寺被拆毀，僧侶逃避深山。唐宣宗即位，重興寺剎，在廢墟上重建殿宇，達八百間，還從京城運來大鐘和一部藏經，並請書法大家柳公權題寫「大中國清之寺」匾額，鑴刻於八桂峰岩壁上。

國清寺

天台宗始創人智者大師

從唐到清雍正八百八十年中，國清寺屢遭風雨兵火，屢次修建，雍正時曾全面整修，到了一九六〇年代後期，遇上「橫掃四舊」的「文化大革命」，國清古刹又遭浩劫，佛像佛器被毀，僧人被迫還俗，房產被佔，殿宇荒墮，森林失管，寺刹面目全非，是國清寺千年來遭遇的人造大法難。今天所見的國清寺大體是規復了雍正年間的面貌。這是一九七三年周恩來主持的國務院特示下，經中央、地方動員配合全力搶修，越兩年的時間完成的。這個修復大工程中連大雄寶殿重十三噸的釋迦牟尼銅像都是專程由四千里外的北京，移駕到國清的。國務院之所以十萬火急搶修國清寺，是為了接待一九七五年日本天台宗及其他宗派，包括新興的創價學會、孝道團等宗教團體來國清的參拜。此後，日本與韓國來天台的團體、信徒絡繹不絕。韓國小白山的天台宗也是以天台山的天台宗為祖庭的。一九八〇年，鑒真大師像回國投親期間，來天台參拜朝聖的日本人士更達二百五十人，團長中里德海説：「中國天台山與（日本）比叡山，猶如父子山，我們這次參拜是向祖先報恩來的，也是朝拜祖庭來的。」

中日文化的關係千絲萬縷，日本「大化改革」得之於中國者既多且深，但百多年來，日本脫亞入歐，眼中已無中國矣。像日本天台宗對中國天台宗這樣認祖報恩的大舉動實在鮮見了。不過，我們也必須認清，今天日本對智者大師勝義的研究，對天台宗佛理的闡發，學者輩出，蔚為重鎮，而返觀中土，無神論當道，「佛門淡泊」久矣！

寒山子仙懷禪風

走進國清寺，不覺得特別宏偉壯美，唯建築森嚴重疊，幽深中透顯了大氣和貴氣。在五條縱軸線上，佈置了三十餘座殿堂、樓、室。由於寺院建在山坡，一些殿宇依地形地貌設計，頗感空靈不羈。中軸線上由低到高，分佈着彌勒殿、雨花殿、大雄寶殿和觀音殿，氣象森森，讓你立即感到已進入佛國天地了。東西軸線上，先後有鐘樓、鼓樓、止觀堂、妙法堂、三賢殿、伽藍堂、三佛閣、方丈樓、迎塔樓、大徹堂、修竹軒，看不勝看，使你更覺佛國世界之富美，而國清寺最有趣致的是三十餘幢建築，分別構成形態

各異、大小不同的五十多個院子，真是可以遊，可以憩，可以吟詠。對於我這個方外人，在這許多堂殿中，三賢殿供奉的豐干、寒山和拾得三位詩僧，最感親切。寒山、拾得在民間文化中是和合二仙。我在一九八六年遊蘇州時，當然去了張繼詩中姑蘇城外楓橋鎮的寒山寺。當地人說，寒山寺是寒山與拾得二人所建的庵名。我不知寒山寺的真正來由，但我知道，寒山、拾得得道成仙之地不在他處，而正在我家鄉天台山。

左圖：韓國天台宗本山小白山救仁寺。
右圖：日本天台宗本山比叡山延曆寺。

豐干橋

寒山是中唐陝西咸陽人，出身書香門第，通讀三史五經。來天台山後，「拋絕紅塵境」，又參禪，又修道，是一位儒釋道三者兼融的隱逸詩人。他寫的詩是胡適最提倡的直心真語的白話詩。寒山長壽，大概活了一百零五歲，豐干、拾得都先他而去，他一個人在天台的寒石山孤寂地生活了幾十年。

在寒山筆下的寒石山唯有青山與綠水，蒼松和白雲。寒石山水造就了寒山子的仙懷禪風，而寒山子的寒山詩也寫出了寒石山的大自然天地精神。論者謂「寒山因寒石山而得名，寒石山因寒山而具有靈性」，的是無虛。五十年代，美國的加里・斯奈德（Gary Synder）譯了寒山二十四首寒山詩（其中二十首是寫寒石山的），使寒山詩名遠播西方。一九九八年弗雷澤（Charles Frazier）的小說 *Cold Mountain*（《寒山》）更成為暢銷書，後來還拍成了同名的電影，造成了西方的「寒山熱」。天台年輕學者何善蒙博士月前送給我他寫的《隱逸詩人——寒山傳》。他寫得真好，寒山也會喜歡的。

千年隋梅有靈性有性格

遊國清寺，另一使我歡喜不已的是大雄寶殿東側梅亭的一株隋代古梅。這株隋梅傳說是智者大師第一門徒，也是國清祖師灌頂大師手植的，已千四百年矣；老幹如藤，大可合抱，新枝繁茂，綠蓋梅亭。寺中人說，隋梅有靈性，也有性格，一九六八年，古寺遭劫，隋梅主幹枯萎，似寧死而不欲生，但到了一九七一年開春，古剎重修有望，次幹居然抽出新枝，寺僧奔走相告。到了一九七三年，國清寺大整修，隋梅竟花開香飄，一片春意，真不可思議之至。一九八五年後，每屆冬時，繁花滿枝，如雪如霞，花期之後，彌果纍纍。午時，允觀法師在迎塔樓二樓設素宴，竟有特製隋梅梅子款待，入口清甜，美不可言，而在前廊遠處更見千年隋塔浮突在一大片綠蔭之上。在隋之寺，啖隋之梅，賞隋之塔，我真感覺回到了一千四百年前的歷史時光。遊國清寺之樂，無復可加矣！

離寺時，允觀法師贈我與樹基弟《國清寺志》及《妙法蓮華經》各一部。我相信，他日有緣再

來之時，應該更能讀懂國清寺這部千年古書了。

天台是一座古老山城，最近十幾年裏，古城已經換了新顏，新城區固是全新的，代出人才，有百年歷史的天台中學在新區就有全國一流的新校舍。老城區也是一路路、一街街的新屋，有的新得可愛，有的新得就不算有品位。對少小離家的我，不免有了陌生之感，但山城貧窮的逐年減滅，總叫人高興。浙江省近年在全國經濟發展中位列前茅，天台不像溫州、寧波、義烏那些城市，在工商業上名騰中外，但天台在我國發展的歷史性大機運中，也沒有缺席。從家鄉父母官黃繼滿先生他們的言談中，很可感受到他們有一套發展天台的思維，他們珍惜天台的文化資源和自然資源，在我看，論文化資源之深厚，自然資源之富美，天台肯定是世界級的，我與樹基弟很贊成他們把天台定位在文化城、生態城和旅遊城上，也贊同開發創新文化和觀光產業是一條正路。天台以有像「銀輪」那樣與世界接軌的高科技公司為傲，但黃繼滿縣長表示決不會引進產生污染的工業。我們在天台的幾天，正是藍藻污毒太湖，無錫市民為水而叫苦連天。天台水質之美

是遐邇聞名的，天台山的「石梁」啤酒的聲名已越傳越遠。

「永遠的天台」

天台在變中，變是必然之道，但我也希望天台在變中有不變的東西，總希望天台永遠保有我的原鄉的那種特有神采。此行我未能真正遊新城，也未遊老城的老街，家鄉的老與新，變與不變，還看不全。天台詩人陳邦杰先生送了我一本他寫的《永遠的天台》。他的妙筆寫出了我心中清楚、但説不清楚的「永遠的天台」。

濟公故居是我此行十分想去的天台新景點。在天台成仙成佛的人中，東漢劉（晨）阮（肇）二人入天台山採藥遇仙女的故事有撲朔迷離之美感；寒山、拾得的身世則充滿禪趣詩意，但講到天台人心中的最愛，恐必是道濟天下的濟公了。一九八五年我遊杭州靈隱寺，最令我驚喜的是，

原來寺中供奉的濟公是我家鄉天台人。衣衫襤褸，身掛酒葫蘆，懷揣狗肉，手搖破蕉扇，這是濟公的形象。其實，濟公其人，禪學深邃，詩文了得，他的《飲酒》詩：「何須林景勝瀟湘，只願西湖化為酒，我身臥倒西湖邊，一浪來時吞一口。」浪漫如出太白之手。因家鄉裴斐的《走出天台的濟公》一書，使我對濟公增長了許多認識。

濟公的佛性與俠義

濟公是宋朝人，姓李名修元，他的《自供狀》說：「幼生宦室，長入空門。」濟公的先祖中還有做過駙馬爺的，顯赫一時。靖康之難，北宋傾覆，李家隨宋室南遷，擇居於天台山南麓的永寧村。李修元深感到「人生無常」、「富貴浮雲」的道理，先在國清寺剃度，後來又在杭州靈隱寺投師，走上了般若人生路。因為濟公有佛性又有俠義，好打人間不平事，民間就有了種種美麗傳說。南宋時已有濟公為降龍羅漢投胎轉世之說，明清二代更多了濟公的傳記。就這樣，年代遠了，濟公像關公、包公、媽祖、寒山都成了

「人間神」。用句時代的話語，濟公是「人民的活佛」。講到底，濟公是平民百姓的理想與希望的投射與化身，這是宗教社會學中一個很有意義的課題。

　　無論如何，濟公的傳說為天台這個古城增添了許多觀光魅力。天台縣政府於二〇〇二年，在李家故居的十六畝土地上，投資二千五百萬人民幣，展開了濟公故居的復建工程。這個工程的圖樣是古建築學者專家依據史典考勘舊跡精心構製而成，今日我們所見的是一組宅第街坊、樓台亭閣與水榭園林薈萃一體的仿宋建築群。我常覺得，仿古建築是很危險的，做不到家，便落個「庸俗」二字，大江南北、台灣、香港，隨處多有，但天台的濟公故居，便無此病。天台的古趣，不時讓我聯想起京都和奈良。

文化風景線上的新景點

　　天台另一個不可不看的新景觀便是湯春甫大師打造的佛教城。佛教城在國清隋塔東側，佔地百畝，兩層大樓多個寬大館室展放了湯大師與

天台濟公東院

他指導的三百多位藝匠製作的萬千佛像。這些佛像或立或坐，或大或小，形神畢肖、活靈活現，我們每參觀一館，便有一次讚歎。行至五百羅漢大館，便不啻又一次到了國清寺的羅漢堂，千姿百態，栩栩若天上降臨人間。而室外巨型的彌勒佛，高近三四層樓，遠遠瞻望，已聞其開懷大笑之聲，樹基弟問：「木雕金漆佛像置於室外，不怕日曬雨淋？」

湯大師笑答：「不怕，金漆木雕佛像，千年

不變！」原來佛教城木雕佛身上的金漆用的是
「乾漆夾苧法」技藝，這種技藝始於晉代，是天
台僧人所發明，歷代傳接，百千年不絕，但到了
一九五〇年代，因戰亂，技藝幾失傳，「文革」一
劫，更將此千年技藝，摧毀殆盡。近二十年來，
湯大師組織民間藝匠對「乾漆夾苧法」進行挖
掘、整理、創新，苦苦鑽研，使失傳的傳統手工
藝技法重新回復生命。據告，這種技藝需用十三
種天台原材料，需經四十八道工藝流程，既是工
技，又是藝術，世上唯中國獨有，佛教城所製佛
像已為六十多個國家的博物館及宗教寺院所珍藏
或供奉。湯大師重傳承，亦重創新，近年更多次
到武漢等地甄聘人材，不斷優化強化佛教城的工
藝品質與能量。事實上，佛教城已是天台一項特
有文化產業的重地。我知道湯大師有意將佛教城
捐給政府，而他個人今日最大心力所在是海寧安
國寺的重建。陳河先生說，安國寺之重建，需資
六億，其中大雄寶殿的釋迦牟尼坐像高四十八
米，是世界最大的室內佛像，正是湯大師的傳世
手藝，安國寺的設計是全國著名古建築專家學者
的心血，這項大工程由陳河先生督建，他說：「我

希望一生中做一件大事，這就是我棄商向佛，隨湯大師要做的大事。」

離佛教城前，湯大師夫人以佛教城內所植的楊梅和桃子款待，並請我們飲天台的雲霧茶。雲霧茶之清淡幽香實不輸西湖龍井。後來知道，日本種茶之先驅是日本天台宗創始人最澄法師，唐之時，他到天台山學佛，把雲霧茶帶回扶桑，播種在比叡山的日吉茶園，南宋時，榮西法師更二度到天台山，求證天台宗佛理，也把天台山的雲霧茶攜回日本種植，榮西以茶能養生延壽，又是修禪之妙品，著有《吃茶養生記》，日本飲茶之風是他帶起的，在日本他有「茶祖」之譽。忽然想起，中國的茶祖陸羽是唐朝人，陸羽寫的《茶經》未知榮西讀過未？

天台畫卷上增添的魅力

湯春甫先生知我重視文化產業的開發，他說我應該去見見他的一位好朋友，是天台的一位奇人，對天台文化產業的開發有了不起的成就。湯大師本人就是一位奇人，他如此推美，我當然

樂意會會浙江天皇藥業有限公司的陳立鑽先生。陳先生種植開發的石斛，被視為天台仙草，他把石斛製成「鐵皮楓斗顆粒」，暢銷全國，供不應求，早已是億萬身家的企業家了。陳立鑽年輕時，做過赤腳醫生，深知天台山的石斛有醫療奇效，但石斛多長在絕岩削壁上，不易採摘，且為數稀少，於是他獨自居於天台山巔的華頂，動手動腳做起石斛移植的研究。一次又一次的失敗，一年復一年的試驗，像一個苦行僧，在華頂的寂天寞地整整生活工作了八個年頭，皇天不負有心人，他終於獲得成功。現在他在縣城的一座二十多層的生化科技大樓，專做石斛的培育，又有四千多畝的土地，作大量石斛的人工栽植。陳立鑽是這樣堅毅不拔地為天台創造了這門文化產業的奇跡。陳先生像湯大師，都皈信佛法，也像湯大師，都有創大事業的雄心和魄力。據他説，最近在他建造一間高規格酒店的地下，不意挖掘出極佳質素的溫泉來，這是天台從未有之的觀光資源，真是天助自助者。在天台打造為一等一的旅遊城市的路上，我想陳立鑽先生應該會是一位領軍人物。

天台瓊台景致

天台在變中，在天台的文化風景線上，我看到新事物、新景觀，他們為天台的畫卷增添了美麗，他們屬於「永遠的天台」。

家鄉的山，家鄉的水

在家鄉四日，溫文儒雅、熟知天台事物的陳政明先生陪我們去了要去的地方，看了我們想看的景物。他說的是，四日的時間要遍遊天台是不可能的，更何況我與樹基弟不肯走馬看花，不喜歡蜻蜓點水、「到此一遊」式的遊訪，那樣對天台的山水之美是體會不到的。說到山水，我們當然想去聞名已久的「石梁飛瀑」，石梁飛瀑在我雙親口中是一幅最是奇絕的山水畫。但由於時間不足，石梁路遠難至，我們就去了當地人讚美不已的「瓊台仙谷」。

瓊台是創立道教南宗的天台人張伯端煉丹修道之地，洞天福地，景致素稱幽絕，峭壁巉岩

直落深深谷底，造成高峻奇拔的大峽谷，當年有「百丈瓊台」之稱。幾年前，縣政府在高山群峰間鑿築了方圓數里的水庫，大峽谷變身為大龍潭，青青峰巒，翠翠碧水，少了七分險峻，多了三分清澄。路橋上臨水而建的一座樓台亭閣，遠遠觀去如水中瑤台，清雅玄美裏帶有仙氣。一位導遊的年輕女士指着頭頂上的山峰，「金教授，看！看見一個個小小的身影嗎？遊客正在攀登山之巔的道觀呢！」我是無力這樣的攀跤了。樹基弟小我一歲，爬山的本事高過我，但也同意，此時此刻，放步在傍山依水的長長迴廊更能品山水之勝。在離開天台之前，我們只圖再看看家鄉的山，再看看家鄉的水。

歸去來兮天台，四日的原鄉之行，載滿了一甲子的懷思。家鄉的山水、家鄉的口味、家鄉的人情，倒讓我有了回家之後再離家的情怯。踏上回港之路時，我們一行五人，向湯大師、向陳政明先生，還有許多送別的鄉人揮手示謝，但樹基弟與我都沒有說「別矣，天台」。

離家情怯

我們此次回天台，了卻了多年的心願，真是稱心而快意也，是的，此行未能一到夢遊已久的「石梁飛瀑」固然不無遺憾，但未去而應到的地方多矣。天台有八大景、五小景，有名有姓的三十六景，我們看到過的不及十之一二。是的，我心中最想去的有：金地嶺和銀地嶺接合的山崗上的智者肉身塔；國清寺開山祖師章安（灌頂）大師的紀念碑亭；寒山子作詩閑遊的寒岩洞、寒山湖；濟公少時讀書修持的赤城山；北京人民大會堂那幅《江山如此多嬌》巨畫作背景的九遮山；更有可以看歸雲，可以賞奇花（著名的雲錦杜鵑），可以品雲霧清茶的天台山之巔的華頂。樹基弟與我早有想法，此次原鄉之行，主要是為了探望雙親的故居，拜祭祖父母之墓，至於家鄉的勝景美色，不能更不必一次看盡，真的！山水常有，鄉情常在，我們今日未到不到的地方，都是為他年他日再來時。

二〇〇七年七月四日

神州之行，最難忘情是山水

最難忘情是山水

今年五月九日，香港中文大學應北京大學、清華大學及科學院的邀請，馬臨校長率領一個七人代表團前往北京作七日的訪問，我是團員之一。這三個學術機構的負責人，都曾來過中大，這次代表團北上不止是禮貌性的報聘，也是具體落實學術上的交流與合作。

　　趁這次北京訪問之便，我又轉到江南作九日之遊。事先，內子與我已在香港參加了一個商業性的旅行團。行程是香港—廣州—南京—蘇州—無錫—杭州—上海—廣州—香港。我們是十八日在南京與旅行團會合的。內地之行，共十七天，先後歷七城，縱貫大江南北，雖是走馬看花，卻也是頗有所見，略有所聞，更不無一些所感所思。這篇小文章則是照旅行筆記改寫而成，是感性的、片段的、印象式的，談的不是什麼大問題，只是些山水名勝的觀感。誠然，神州之行，最難忘情是山水。

　　　　　　　　　　一九八五年六月十七日

北京

北京七日，一直住在北大勺園賓館（正式訪問畢，次日即搬到友誼賓館），寬敞舒適，環境清新。北大以原來燕京大學舊址為中心，古色古香，別有風格；校園大而平坦，最宜單車代步。如果無急事，漫步在花草樹木之間，倒也有份安逸的趣致。在有名的「未名湖」畔，早晚仍然能領略到北國春天的氣息。

北大是中國大學之魂，在五四、新文化運動中都扮演了主要角色。在許多新舊建築和雕像中，使我忍不住要前往瞻仰的是蔡元培先生的半身像，據說是去年樹立的。蔡先生倡導的大學精神是「自由的精神」，也是「容忍的精神」。在他的領導下，北大才成為「囊括大典，網羅眾家」的學府。有孑民先生的精神，北大才能成其「大」。孑民先生的雕像雖然並不高大，但瞻仰先生的像時，總覺得他有胸納百川的襟懷！

清華與北大只是一間之隔，世界上很少有二所著名學府如此鄰近的。二校雖只一間之隔，但

在著名的「未名湖」畔，能領略到北國春天的氣息。

遊長城什麼季節都可以，長城是屬於四季的，但千萬不可假日去，人一多，風光黯然！

它們卻有很不同的學風。

在緊湊的日程裏，我曾二度到清華園的「水木清華」。一池清淺，碧綠如玉，天光雲影，盡得風流，好一片優雅恬靜的小天地！真是名不虛傳的「水木清華」，無怪乎老清華的校友對她總是魂牽夢引呢！

北京這個古都，給人一種闊大、古樸和博厚的感受，在遊賞長城、故宮、天壇這些古建築時，這種感受就更強烈了。

到八達嶺，步上長城的城頭，看青山逶迤，白雲繾綣，真有千古之思。長城如一卷讀不完的史詩，記載了太多這個古老民族的滄桑！不知是不是因為城上萬頭洶湧的人潮，蠕蠕而動，突然使我覺得長城像一條滿身傷痕的蒼龍，他艱難的呼吸隨着群山起伏！

遊長城什麼季節都可以，長城是屬於四季的，但千萬不可假日去，人一多，風光黯然！

故宮是一座樓閣層層、殿宇重重的紫禁城，千門萬戶，深深不知幾許？這是明清二代五百年間二十四個皇帝居住的地方。格局之大，氣派之偉，實非我所見歐洲其他宮殿可以望其項背，而

日本的皇宮，真要屬於「迷你型」的了！這裏九千餘間房屋不知匿藏了多少稗官野史，清王朝的崩潰並沒有減少它神秘的誘惑力。

　　要欣賞故宮建築之美，最好到宮院後面的景山主峰。站在「萬春亭」上，紫禁城的全景都來眼前，檐檐樓閣，如浮在天際的片片彩雲，紅牆黃瓦，金光閃爍，一波接一波的便是那著名的「宮殿之海」了。

　　北京是好古者不易消化的舊都。太多的古蹟，在匆匆的行程中是賞之不盡的。但無論如何，天壇還是「必看」的建築。天壇建於明永樂年間（公元一四二〇），是帝王祭天之處，面積達四千畝，較故宮猶闊大，氣派軒昂，雍容華貴，有上國之風。自北門入，有「祈年殿」，南門則有圓丘壇，中間有二百六十米長的「丹陛橋」相連。「祈年殿」高三十二米，為一座鎏金寶頂，全由木建的三層重檐的圓型大殿。大殿由潔白的壇體襯托而起，壇分三層，四周以漢白玉為石欄，由於壇體逐次收縮向上，予人拔地而起、聳入雲天之感。有詩贊曰：「白玉高壇紫翠重，不是天宮似天宮」，確是寫景佳句！在北京八天，除了北大、清華和科學院，足跡所至，盡是名勝古蹟。

南京

　　五月十八日，坐軟席臥鋪的火車於清晨四時抵達南京。

　　在北京火車站，我第一次嘗到交通「緊張」的滋味。偌大的火車站擠得水洩不通，軟席臥鋪不是一般老百姓容易買得到的，拿外匯券的港澳同胞，多少享有些免於擁擠的自由。

　　南京是六朝古都，在今日自再感受不到金陵王氣了。

　　在沒有與香港的旅行團會合前，樂得到處逛逛。

　　找不到「出租汽車」，倒樂於試試公共汽車。一上車，便見一四十左右的漢子，「噗」的一聲，朝車外吐了口痰，面不改色，氣定神閑，在單車如林的街上，居然無人遭殃，真是阿彌陀佛！北京正發起如火如荼的「反吐痰」運動，所到之處，不但不見有人吐痰，地面亦甚潔淨。故宮如此，太廟、西山、頤和園，乃至北海、長城都如此。在北京，吐一口痰，罰款五角，在南京是二角，

三角錢的價格差異，便有這樣不同的效果？正懷疑間，路兩邊綠蔭蔽天的梧桐把我吸引住了。在此次所至的各個城市，街道兩旁的樹木是令人喜悅的，此刻我仍然難忘北京機場路上那十幾公里的青青柳色。

南京夫子廟是熱鬧的地方，街容是又破又舊的，不過，倒有北京王府井不易見到的生氣。個體戶販攤上，金魚、雨花石、傢俬、牛仔褲都有，花樣不少。猛然看到橫掛着「貫徹活而不亂、管而不死的方針」的標語。在旅行期間，不

攝於江南河畔

常見到政治口號；關於經濟和「文明」的倒有一些，看來中國共產黨真決心想走出「一放就亂，一收就死」的經濟死胡同。我到北京的當天，正是物價調整的時候，大家就怕通貨膨脹，工資跟不上。

不錯，新街口一帶的商店齊整得多，依稀可以想像當年的風華，不過，而今卻也只落得破舊二字。在館子裏吃了頓餃子，不算差，我也不敢期望太多。館子外的景象使我不期然想起五十年代的台北，有點相似，又不相似，人太多了，單車也太多了，多得有一種壓力感。這種壓力感在各個城市都一樣重。人，人潮，人海！人一多，人的尊嚴都降了幾度，又使我不能不想起北大、清華所見的毛澤東巨像，是他說的：「人多好辦事。」現在看來，人口增長太快，對實現四個現代化是一個很不利的因素。

新街口上的金陵飯店是一聳入天際的巨型建築，是一位新加坡華僑斥資四千八百萬美元建的。這座八十年代的大樓，矗立在四周五十年代或更早的建築物當中，那種對比真是強烈。看金陵飯店的設計，真會相信它是香港中環飛落到此

的，無怪整日都有人群圍在門口向裏面張望。是對「未來」的好奇？還是對「資本主義」的迷惑？

南京的古蹟名勝不少，無樑殿、中華樓，皆令人低徊不已。玄武湖更比北海公園清雅幾分。站在雄健的長江大橋橋頭，看滾滾江水，自有一番豪情。但在旅行團參觀的節目中，印象最深刻的便是中山陵了。

中山陵是中山先生之陵寢，瞻仰者絡繹不絕。晨雨之後，鬱鬱蒼蒼，更顯得沉雄博大，「中國國民黨葬總理孫先生於此」碑石上的金字，光澤如新，這是「重點文物保護單位」，看來是有經常維修的。中山陵共三九二級，從下面望上去，層層疊疊，如有千級，有高山仰止之感；從上面往下看，則只見一片片廣闊的平台，似全無階級也。此最能彰顯中山先生平易近人的精神。中山陵出自呂彥直的手筆，當時他不過三十幾許，他的設計之難能處，在於捕捉住中山先生人格之偉大，卻沒有把中山先生塑造為神！

蘇州

　　從南京到蘇州，車外的水田越來越綠了，遠邊近處的紅磚村屋，在陽光下，顯得好新鮮。江南水鄉本有情致，農家添新屋，總叫人看了歡喜。

　　進蘇州，已是近午時分。梧桐的濃蔭遮不盡白牆、墨瓦的古意雅趣，小城的街道玲瓏得我見猶憐。還來不及咀嚼匆匆的第一面，汽車、單車、人群之爭先恐後，此起彼落的喇叭聲，我那份準備擁抱江南半個仙鄉的心情已經冷了半截，更有那一塊塊、一條條店面上的簡體字，把這個二千四百九十九年的名城裝點得今不今、古不古。最難堪的恐還是穿插在大街小巷的小河，水仍是水，只是已成為與污物浮沉的濁流了！

　　一牆之隔，改變了我蘇州之旅的情懷！

　　只需穿過一道牆，便進入四百年前明代的「拙政園」了。由東園進入中園，在「倚虹亭」畔，園中景色已難消受，小立「遠香亭」，南北皆是平台池水，更幽趣橫生矣。池中復有二山，西山有「雪香雲蔚亭」，東山有「待霜亭」，山

攝於網師園

耦園，錢穆當年著書處。

上通植林木花竹，盡得自然之致，兩山之間連以溪橋，更有景景相連之趣。全園佔地六十餘畝，水池為五分之三，亭台榭閣，參差錯落，佈局精妙，無一角度不美，無一景不可入眼，舉步所至，皆是秀色，真有「移步換景」之樂也。蘇州園林甲天下，洵非虛語，而行家評拙政園，「無一處敗筆」，難矣哉！

在姑蘇飯店過夜，好像沒有聽到鐘聲，我總忘不了張繼的詩《楓橋夜泊》。

次日清早，錢輝女士與她的親人陪我們欣賞「網師園」。此園築於南宋，清乾隆年間重修，格局不若「拙政」大，但精緻或有過之。步入牆內，第一眼所見，還懷疑此園名大於實，穿過幾處迴廊之後，心境不同，觀感也不同了。真是園中有園，景外有景，有迂迴不盡之感。未來蘇州之前，我在美國紐約大都會藝術博物館已經探望過「明軒」，明軒就是以網師園的「殿春簃」為藍本的。殿春簃佈局高雅，應濃處濃，應淡處淡。誠是去一石，添一木，不可得也。沒有到過蘇州，東方園林恐只有讓扶桑獨步，遊過拙政、網師，方知中國園林藝術境界之夐絕。當然，京都園林

的簡素之美，是非常醉人的。

在蘇州的園林中，耦園不是一般外來的遊客常到的，但我一見到錢輝女士，就表示要去一遊，因我不止一次聽賓四先生提起過。耦園座落的地方比較僻遠，還要穿過不少小巷，汽車不到，遊客也就稀了。

踏進耦園，就有一種少有的寧靜與舒逸。在內地任何風景點，無不是人潮洶湧，寧靜與舒逸已是太奢侈的享受了。耦園有一半已關封，開放的一半蒼老中仍見秀挺，遊過拙政、網師，依然掩不盡它的悠悠情趣。林木扶疏，假山如雲，池不大而清幽，亭古拙而無華。一景甫盡，一景又生，浮現在茂竹青松上的飛檐樓閣，最是幽雅清逸。錢輝說：「那是父親當年著述之處。」

遊蘇州的園林，就是入牆易，出牆難，一出耦園，便是一條不堪入眼、不堪入鼻的小河，而河邊昂昂然旁若無人、吐着黑氣的工廠煙囱，又豈止是焚琴煮鶴？

虎丘因車塞而作罷，寒山寺是到了，還見到那口給詩人靈感的古鐘。妙不可言的是，外賓和港澳地區同胞還可以登樓撞鐘三下！姑蘇的鐘聲未絕，只是不在夜半了。

無錫

　　無錫是工業城，也是江南旅遊勝地。現在的城址始於秦漢置縣，它的歷史甚至有二千年了。像所見的江南古城一樣，市容破舊雜亂，嗅不到半絲古雅氣味。從火車下來，汽車把旅行團送到無錫圖書館前。這是市中心了。一抬眼，樹上盡曬着衣褲，我已不驚訝，這是南遊以來常見的景色了。要探古尋勝，還得去風景勝地；說無錫之勝，自然是在太湖了。

　　不必到「太湖佳絕處」的黿頭渚，就可以欣賞到煙波浩淼、帆影點點的風光了。人稱太湖有湖光之秀麗、大海之雄奇，信然。太湖面積二十餘平方公里，遊艇縱馳其上，青波白浪，重巒疊翠，不禁想起文徵明「誰能胸貯三萬頃，我欲身遊七十峰」的詩句。據說，太湖不止四季殊狀，而且晴天有晴天之景，雨天有雨天之景，湖光山色，變幻無窮。此一時也，似一片輕煙，彼一時也，似綠玉晶瑩，若乃長風駕浪，則山水變色，飛鳥絕跡，波濤呼嘯，足使人魂驚而汗駭！

一抬眼，樹上盡曬着衣褲，我已不驚訝，這是南遊以來常見的景色了。要探古尋勝，還得去風景勝地；說無錫之勝，自然是在太湖了。

　　遊罷太湖，夜宿水秀飯店，原來正在蠡湖之濱。蠡湖舊名五里湖，是太湖之內湖，略大於西湖。暮色晨曦中，漫步湖邊，平疇一抹，正是江南水鄉情味。蠡園臨湖而建，亦有柳浪聞鶯、南堤春曉、曲淵觀魚諸景。昔人好把五里湖與西湖相比，西湖秀艷，五里湖老逸蒼涼。其實，蠡湖之美還在它的故事。相傳二千四百年前，范蠡助越王勾踐滅吳復國之後，功成身退，結廬於山水相依之湖濱，終日與西施泛舟五里湖上。後人

為紀念他們，將五里湖易名蠡湖。中國的名山大川，常常因美女名士而抹上浪漫性格，平添無限相思。

無錫的古蹟名勝能不為太湖所淹盡的不多，寄暢園、惠山寺就有這樣的魅力。

寄暢園應是蘇州之外最美的園林之一了。

明正德年間，兵部尚書秦金將元代南隱、漚窩二僧房，闢建為園，名「鳳谷行窩」。其後裔秦耀經之營之，更名「寄暢園」。蓋仕途多舛，被誣罷官，從此看空一切，寄情山水。寄暢之名，想是從《蘭亭序》「一觴一詠，亦足以暢敍幽情……因寄所託，放浪形骸之外」借意而來，而寄暢園之不輸拙政、網師者，亦正在其「借景」之妙。

園不過十五畝，但入其園，頓覺天地寬暢，惠山諸峰，飄落在樹梢之上，錫山的龍光塔更飛移到池邊水榭。園內與園外連為一景，園林建築中借景手法之高卓，無以復加矣。

「錦匯漪」是園中央的一泓池水，大不逾二畝，但寄暢園的爛縵錦暎全部匯攝於此。池中心一側，有水榭知魚檻，與對岸石磯鶴步灘相對

峙。水池由南向北，長廊臨水曲曲不盡，池邊有郁盤亭、清響月洞、涵碧亭等。山影、塔影、樹影、花影、雲影、鳥影盡匯池中，錦匯之名，誰曰不宜？

康熙、乾隆都曾六度遊賞此園，題詠不絕。乾隆第一次南巡邂逅此園時，愛不忍去，回京後，在頤和園東北角，仿此園造了惠山園，以解眷愛之思。但於第五次南巡回京後，總覺無法與寄暢媲美，乃將惠山園改名「諧趣園」。乾隆不算俗人，亦頗能欣賞山水之勝，居然不知寄暢「借」來之景，乃天造地設，盡得自然之機，豈可乾坤另造？

說到「借景」，我忽然擔心起蘇州的園林來，園外高層樓房，工廠煙囪，恐已不借自來的伸入園中了。聽說過蘇州城內今後不許設廠，也不准蓋三層以上的樓房了！但願古城名園，還來得及挽救！

訪惠山寺，總是想看看被茶神陸羽品為「天下第二泉」的惠山石泉水。但真正令我留戀不去的卻是竹爐山房毗鄰的「雲起樓」。

初不知有雲起樓。入得寺中內院，仰頭抬

望，直不信此處有如斯景色。在翠柏青松之間，一組隨山起伏、疊疊層層的古建築，隱隱現現，漸次升高，宛若懸在天半的仙閣樓台，令人有出塵之想。原來中間一層，就叫「隔紅塵」！傳說康熙遊惠山時，想召見一位道行深厚的高僧，誰知這位高僧拒絕見駕，說：「化外之人，早已隔絕紅塵，名利富貴，已成身外之物。」結果有人替康熙在山坡上造了一條曲折的迴廊，於高下交接處就叫隔紅塵，表示己身入仙境，皇帝就可以與高僧交談了。傳說儘多穿鑿附會，卻是增添了山水之玄美。隔紅塵最高層有樓三楹，就是「雲起樓」。雲起樓原為惠山寺「天香第一樓」故址，取名雲起，是用「山取其騰踔如龍，樓取其變化如雲」之意。在「雲起樓」不能不想起新亞書院的「雲起軒」。雲起軒為饒宗頤先生所取，軒不大，亦非華美，然馬鞍山之雄奇，八仙嶺之峻秀，吐露港之清麗，盡在眼底。坐看雲起時，因可忘憂，而談笑有鴻儒，往來無白丁，軒自不陋！

杭州

抵杭州時，是清晨六時許，車從碼頭去花港飯店的途中，曉風殘月，柳絲如髮，西湖朦朧中的初醒，竟引不起我的驚艷！當時只想洗個熱水澡，大睡一場。

在船上十三小時，從無錫到杭州。運河的污臭，客船底艙的髒亂，當我在無錫的湖濱路上船時，所見所「聞」，已很難再有「乾隆下江南」的心情了。我們在船底統艙裏的硬席臥鋪，倦了可以入睡，也就「既來之，則安之」。傍晚時分，到上面硬席坐鋪一層，只想看看運河的暮景，底艙的窗子太小，看不遠。但站了五分鐘，再也看不下去了。一堆慘綠少年奇形怪服，但一見還看得出不是外來的，播着手提錄音機裏的搖滾樂，聲震耳鼓，又跳又抖，全不顧其他旅客的心情。一個老年人雙手蒙耳，無奈地蜷縮在座位的一角；不知他會不會把這種「污染」歸罪到香港！

船在運河是很平穩的，詎知夜晚入太湖後，風濤驟起，排浪擊船，旅行團中的一位七十歲的

阿婆，輕輕問中旅社的「全陪」小盛：「安不安全？」正説間，隔壁床鋪大叫一聲，水浪已破窗而入。一位六十來歲的男士，找到女服務員理論。「我怎麼睡？床被全濕了，身子也濕了，這種事根本不應該發生的，窗子這麼破舊，早該修了！」未幾，穿藍衫的船長來了。説着説着，吵起來了。船長胸中的積悶也爆發了：「你要打報告？好哇？報告寫得越長越好，報告打給越高的越好！我是小小船長，有什麼權？我報告上級不知有多少次了，有什麼用？你打，你去打報告！」艙中的人都醒了，有些人在發議論。這時，轟隆一聲，湖水沖進我的那個小窗子了。被褥、衣褲也全濕了。那位女服務員倒勤快地過來了，向我看一眼，作無奈的苦笑。我實在不忍責備她，也沒有精神跟船長去理論。又濕又倦，坐着挨天亮，煙斗也變成水煙筒了，抽起來總有些異味。

記得當「全陪」小盛在無錫告訴旅行團時説：「對不起大家，去杭州的火車軟席座票實在太緊張了，沒有辦法買到，我們只好改坐船了，請大家合作。」旅行團的廣東團友，都説：「唔制！」但我知道小盛已盡了全力，他是一位很有禮數、又

有服務熱忱的青年。我勸大家合作，還開玩笑：「當年乾隆皇帝下江南，也就是坐運河船的呀！」團友知道別無他法，也就依了；當然大家都沒有領略過內陸坐船的滋味的！一位女團友倒也有意思，她說：「旅行就是摩登走難！」

到杭州當晚，中旅社的一位負責人，特別在「杭州風味廳」設宴為我們這個旅行團「壓驚」，這是一頓上好的杭菜。不過，當我喝第一口紹興酒時，已覺渾身酸軟。從杭城起，我就抱病旅行了。

二歲時曾在杭州，對這個與蘇州並譽為人間天堂的古城，當然一無記憶，但從詩章中，從畫片裏，我對杭州是不陌生的。

靈隱寺，已一千六百年了。建於東晉年間，規模氣勢都不同凡響，但我總覺得沒有家鄉天台山國清寺那份不染塵囂的清趣。

靈隱寺的飛來峰，是否由天竺飛來，信者自信，疑者自疑，峰中壁上的石刻倒確是宋元的真跡。臨溪岩上的彌勒佛，一手按布袋，一手捻佛珠，袒腹踞坐，遠遠已聞其笑聲。

隨旅行團，如蜻蜓點水，訪岳王廟，遊龍井、六和塔，再涉九溪十八澗。不知是否病中心

情，總覺無甚趣味，倒是「虎跑」令人喜愛。「虎跑」是一古寺院，以泉水出名，傳說唐代僧人寰中居此，苦於無水，一日夢有「二虎跑地作穴」，醒來，果見泉水自土湧出，故名「虎跑」。其水甘冽清醇，被譽為天下第三泉。寺中有高僧道濟的塔院遺址，果如母親所說，這位嬉笑人間、菩薩心腸的濟公活佛確是我家鄉天台縣人。

在虎跑品龍井是一大享受，「龍井茶葉虎跑水」，號稱「雙絕」。「第一杯香，第二杯甜，第三杯清肺。」如是說，亦有如是感受。離寺前，去洗手間，一人索錢一角，團友出來後大呼：「好抵，物有所值。」誠然，在運河船上，在城裏，在風景區，去不收錢的廁所已不止是女士需要勇氣的事！

杭州的美，當然不限於西湖，但沒有了西湖，她便沒有那份儀態萬千的風華了。西子湖的美，在山水之間，也在騷人墨客的文章詩詞裏。讀了東坡居士的「水光瀲灩晴方好，山色空濛雨亦奇；欲把西湖比西子，淡妝濃抹總相宜」；西子湖還有哪個時分、哪個妝束不令人戀慕呢？

沒有到西湖，西湖十景早已熟記胸臆了。春

已逝，但在柳浪中依然若有黃鶯囀；秋末臨，平湖的明月仍會感到格外的清輝。此時遊湖，斷橋不見殘雲，曲院難聞荷香，但詩中之畫，多少補上眼中未見之景了。在西湖，舉目所讀之景，莫非一篇篇上佳小品文；漫步白堤蘇堤之上，更像是踏在一首首千古傳誦的詩篇上了。

我總覺得，中國的風景，無論小小園林，或是崇山峻嶺，都脫不了文人歷史的渲染，幾千年的文化，連山水都中國化了。猶記去夏遊北美洛磯山，但見群山排空，氣吞斗牛；蒼嶺負雪，燭照萬峰。那種大自然生命的原始躍動，驚心懾魂而幽谷寂寂，山水依傍之態，卻又有一種從未沾過人間煙火的天地靈氣！

上海

上海不是山水之鄉，風景是談不上的，但這個曾是東方第一大都會而今有一千二百萬人口的

城市，卻是我少年讀書遊憩之地，故土重來，總多一些感觸。

到上海已是午夜時分，宿寶山賓館，距市區甚遠。翌晨，遊城隍廟的「豫園」。園內園外盡是人潮；城隍廟比南京夫子廟還旺得多，但髒亂破舊，趣味索然，最不可解的是，到處設有「地下痰盂」。在公共場所吐痰的惡習真還只能「疏導」，而不能禁絕？北京能，上海為什麼不能？

豫園不是無可看，但看過蘇州、無錫的名園之後，是可看可不看了。唯一令我感興趣的是那塊「玉玲瓏」，這是被稱為盡得「皺、瘦、漏、透」四妙的天下第一的太湖石。中國的園林，少不了假山，也就少不了百態千狀的太湖石。

從城隍廟到外灘，不知經過多少大街小巷，我幾乎沒有看到一幢像樣的新建築。外灘的面貌我是熟悉的，三十五年前的一幢幢臨黃浦江的大廈，雖然換了名，也老態畢現了，但仍然依稀可以辨認。站在馬路的安全島上，的確是回到了一個熟悉的地方，卻又有巨大的陌生感！

旅行團要去參觀一個展覽會，我們脫了隊。內子陪我沿南京西路（原靜安寺路）尋找我少年時

的舊居。南京西路倒是很清潔的，路旁似更多了些樹木。不很久，我就找到了。巷口儘管被幾個臨時性的建築橫七豎八的擋着，我還是認得的。進了巷，轉了個彎，沒幾步，就看到那座三層的樓屋了。紅磚褪了些色，門牌未變，禁不住朝三樓望去，窗口伸出一根竹竿，上面掛着一件已經曬乾了的衣衫，那是我少時的房間！在屋外徘徊了好一陣子，終於敲了門，其實門是開着的。應門的是一位清秀的少女。「我很久很久前在這裏住過，能進去看看嗎？」「可以的，請進來，隨便看。」一入客廳，只覺得又窄又暗，原來客廳已分割為幾個房間了。我熟悉地走到花園，花園也堆滿了雜物，花草是沒有了，但那棵玉蘭花還在。我沒有上樓，我知道上面住了幾家人，不想去打擾，反正也找不回少年的時光了。離開了那座三層的樓屋時，在巷口，忍不住回頭。我知道我不會再回來了，到底那已不是我的家了。

1993 年金耀基、陶元禎於江南某處園景

廣州

　　從白雲機場到白天鵝酒店，又是近深夜的時刻。傷風還沒有全好，人倦得很，洗了澡，吃了在上海國際飯店買的藥，就睡了。元禎收看着電視上香港小姐的複賽！

　　翌晨，搭第一班早車返香港。在火車上，回想着十七天的內地之旅，少小離家老大回，一別三十六載，最難忘情是山水？

附錄

江山萬里故園情

—— 金耀基先生回鄉記

　　少小離家老大歸。八十五歲的香港中文大學前校長金耀基先生，在草長鶯飛、雜花生樹的江南好時節，第二次回鄉祭祖。面對記者「重返故鄉的最大感受」的詢問，他深情地說：「二十一世紀的人，人人都是異鄉人。尋找故鄉，就是追尋生命的回歸，找尋精神的家園。」

　　這位學貫中西的教育家、社會學家，留在記憶裏的回鄉一共是三次，第一次是一九四五年年底，抗戰勝利了，十二歲的他隨父親回天台白鶴老家住了一個多月。故鄉從此深刻地烙印在他的腦海中。第二次是二〇〇七年六月，金耀基和弟弟樹基夫婦、大兒子夫婦五人回鄉祭祖。第三次是今年三月二十九日，他帶着夫人陶元禎女士、孫女和親家，一起走上回鄉的路。

漫長的回鄉路

　　金耀基先生一九三五年二月十四日生於天台

白鶴嶺跟村（現為白鶴鎮上聯新村的盤龍村）。他的祖父金登峴先生去世早，很有遠見又辦事果敢的祖母，為了給兒子一個美好的未來，不惜賣掉祖傳的田地，供金耀基的父親金瑞林走出重重大山，遠去北京求學。這在當時，需要極大的勇氣和見識。金耀基的外婆家是當地的大戶人家，他們看中貧寒的青年金瑞林有志氣有魄力有才華，毅然將女兒下嫁。金耀基的童年和少年時期，隨各處任職的父親四處為家。金瑞林先生在抗戰時期擔任過東陽縣和海鹽縣的縣長。一九四二年七月，隨着戰爭的擴大，天台縣古鎮街頭改名為嘉圖鎮，作為浙東行署駐地，成為戰時浙東十八個縣的指揮中心，直到一九四六年才完成歷史使命。抗戰勝利後，國民政府舉行了第一次全國性的大選，金瑞林先生一九四七年當選為第一屆國民大會代表，也是天台縣唯一的一位國大代表。後來，在上海警察局任要職。

1949 年，金瑞林先生帶着全家老少去了台灣，從此再也沒有踏上故鄉的土地。

金耀基先生説，父親一直深深地懷念故土。他的後兩次回鄉，不但是自己回到原鄉，也是帶

着父親的夙願回鄉。上一次回鄉祭祖，不但和弟弟樹基夫婦一起，他還帶上大兒子潤生夫婦。這次回鄉，又是清明時節，他當然更要去掃墓祭祖。金耀基先生有四個兒子，這次準備帶上二兒子夫婦，臨行前二兒子夫婦因故不能來，就帶上二兒子的岳母和二兒子的女兒雨霽來了。在太公公金登峴墓前，金耀基和夫人特地囑咐孫女：「你除了自己要祭拜太公太婆，也要代表你的父母祭拜。」今年十二歲的雨霽，在祖父母的指導下，祭拜如儀。這是她第一次回到祖父的故鄉。

同上次一樣，這一次，金耀基先生一行又專門來到了祖居地嶺跟古村。台州進入新昌的甬台溫高速公路，出天台的第一個隧道叫盤龍嶺隧道，隧道口是四十多米的高架橋，這個高架橋的橋墩，就是金先生祖宅所在。當年為了建設高速公路，金家的兩間祖宅被拆。作為補償，在離原址五十米的路邊，當地政府給金家重新建造了兩間樓房。二〇〇七年六月，金家兄弟回鄉時，決定將此屋捐給村裏。現在的這兩間樓房，已作為村兩委的辦公地和老人協會的活動場所。金耀基先生說，這樣的決定，如果父親還在，也是會支

持的。金瑞林先生一生樂善好施，直到晚年，一直念念不忘故鄉，惦念着故鄉的祖墳。但當時形格勢禁，老先生回鄉的願望一直未能實現，直到一九七七年十二月在台灣去世，留下了永久的遺憾。雖然老宅已拆，但是原來老宅內的水井尚在，依然水清如故。金先生在水井邊留連不已，和夫人、孫女在此留影，還拍攝了錄像，準備發給沒能回鄉的家人們看。

書法就是懷鄉

作為一個飲譽中外的大學問家，為了國際交流方便，金耀基先生的許多著作都以英文完成，對外學術交流也以外語為主，家裏的藏書，自然也以外文為多。但是，他二〇〇四年從香港中文大學校長的任上退休以後，他的書房裏，外文書逐漸退居二線，中文書籍則一一顯露到前排。他執筆為文，也從外文為主慢慢變成了中文。而更加明顯的是，原來書房裏沒有毛筆，現在各種規格的毛筆很多，一天到晚，硯池墨水都不乾。

從一九四九年離開大陸以後，金耀基先生於台北成功中學畢業，考入台灣大學，成為法學學

士，六十年代成為台灣政治大學的碩士，七十年代成為美國匹斯堡大學博士。一九七〇年，香港中文大學初創，他接受首任校長李卓敏之邀，來到中大，歷任新亞書院院長、社會學系主任、副校長等職，二〇〇二年，出任香港中文大學第五任校長。

這期間，除了學校的行政管理事務，金耀基先生最主要的精力都在教學和研究上。他曾在英國劍橋大學、美國麻省理工學院、德國海德堡大學等校訪問研究，研究興趣主要為中國現代化及傳統在社會、文化轉變中的角色。他在一九六六年就出版了《從傳統到現代》一書，在海內外影響甚遠，然後又出版了《中國現代化與知識分子》、《大學之理念》、《中國民主之困局與發展》及《中國社會與文化》、《中國政治與文化》、《中國的現代轉向》等極具思想性和前瞻性的作品。

從一九七〇年到二〇〇四年，金耀基先生為香港中文大學服務了三十四年。一九八九年起任中大副校長，主責學校的規劃和發展。他不但是台灣「中央研究院」的院士，還和汪道涵、連戰

一起，獲得中大榮譽法學博士。因為他的傑出貢獻，獲授香港政府的銀紫荊星章。二〇〇四年五月，他籌建了港中大的法學院，使港中大成為現代的全學科世界著名大學。

從書寫的方便程度而言，硬筆當然更有優勢。所以，只有在二〇〇四年七月退休以後，屬於自己的時間增多了，金耀基先生才慢慢地重拾童年時代即以毛筆寫字的興趣。作為一個學貫中西的大學者，他對書法有着特別的感情眷戀：於文化上，中國的審美文化最終都在書法裏得到了充分的表達。於個人感情上，書法裏有父親對他的期許。童年和少年時期，在父親的督促下，他臨帖不輟，已寫得一手好字。寫好字，是父親的要求。退休之後的研習書法，不但是修身養性的手段，是對傳統文化致敬，更是懷念故鄉和親情的一種方式。十多年以後，他的書法即以獨特的「金體」書風為人們所稱道，著名藝術評論家侯軍更是喜愛有加，頻頻加以評論推廣。在香港和海外學界，人們更以能得到金先生的一幀墨寶為榮。近年來，通過在香港、上海、北京等各大城市舉辦的金耀基個人書法展，金體書法名揚海

內外。

　　作為學者，金先生學風嚴謹，作為書法家，金體書法厚重又靈動。這次到了家鄉，面對鄉親們請求墨寶的要求，金先生有求必應，在故鄉他留下「盤龍嶺跟是原鄉」等墨寶，並應鄉親們的要求，寫下「和諧墨坑」、「美麗墨坑」、「盤龍古道」等作品。家鄉的讀者拿來金先生的著作請他簽字，他都一一照辦。一個鄉親得知金先生到來，拿了一本當地的《桃源》文學雜誌，請金先生題詞，他略一沉吟，即欣然在目錄邊上的空白處用毛筆寫道：「桃源深處是吾鄉」。金先生的家鄉，即是中國第一個人神戀愛故事──劉阮天台遇仙的發生地。

人間最美是故鄉

　　金耀基先生的影響力遍及整個華人世界，他對故鄉的感情也沒有一天淡忘。他思念故鄉的土地，依戀中華的風情。凡是同故鄉相關的事物，他都念念不忘。第一次到杭州虎跑寺，「寺中有高僧道濟的塔院遺址，果如母親所說，這位嘻笑人間、菩薩心腸的活佛確是我家鄉天台縣人。」

作為一個走遍世界各地的人，金耀基曾經寫道：「天台之美，我告訴你，中國最了不起的旅行家徐霞客，他要訪遍中國的所有名山，他第一個要訪的名山就是天台山。徐霞客不是這麼簡單的，他首訪天台山是有道理的。他做過中國文化功課的。文化旅遊不能沒有天台。去過天台的，再去；沒去過天台，快去。」筆墨之間，對故鄉的深情躍然紙上。

十二年前，金耀基先生第二次回鄉後，他發表了遊記《歸去來兮，天台》，詳細介紹了故鄉的風情風物、人文地理和所見所聞。那一次，金先生來去匆匆，回鄉主要是祭祖掃墓。金先生祖父祖母的墓地在上盧村墨坑水庫邊的山上，墓碑為一九三八年浙江省政府主席黃紹竑所題。今年這一次的回鄉，除了祭祖掃墓之外，五天的時間，行程滿滿。金先生和夫人、親家、孫女一起，走了更多的地方：策杖上華頂，看石梁飛瀑，走訪天台宗的祖庭國清寺和道教南宗發祥地桐柏宮，參觀天台佛教城，他看了更多的天台風光。他的每一天，都被濃厚的鄉情親情所圍繞。金夫人陶元禎女士說，在金先生的眼裏，故鄉的

一切，都是人間最美的。

在石梁壯觀的飛瀑下，他在留影後說：「我母親在世時，經常講起石梁飛瀑怎麼好、怎麼好，今日才知母親之言不虛。」

他對家鄉的一切都讚不絕口，哪怕最尋常的一道家鄉土菜，他都覺得美味無雙。喝了家鄉的「宋紅」酒，金先生直道口感好，家鄉的酒好喝。故鄉的小吃是遊子的鄉愁，天台的麵皮、糊拉汰、食餅筒、扁食，他吃得津津有味，他興致勃勃地對我們說：「天台的小吃，是世界上最好吃的小吃。」

一路走來，金先生一路讚歎故鄉的風物風情，讚歎故鄉山好水好人更好。愛鄉之情，溢於言表。

「一定會再來！」

白天金先生看山看水，我和金先生及其家人一起，邊走邊聊，獲益良多。為了更深入地了解這位學貫中西的大學者，我特地約金耀基先生在晚上作專訪，考慮到老先生年事已高，擔心影響他的休息，原定專訪時間一個小時，結果金先生

精神飽滿，談興甚濃，聊了兩個半小時還意猶未盡，直聊到晚上十一點。金夫人為了老先生的健康，多次電話催促，我們才打住，相約下次有機會再長談。

金先生認為，這一百多年的變化，是中國三千年來最大的變化。他為內地的發展高興，對故鄉的變化讚歎不絕。當知道台州也有台州學院、台州職業技術學院等四五所大學的時候，作為教育家的金先生特別高興。他說：「最能代表國家發展水平的是大學。有沒有一流的大學，是現代化的根本標誌。有了大學，現代文明才會有持續的發展動力。」

對家鄉的發展狀況，他一直說「出乎意料的好」。他說，現代化的發展，是全球性的，是不可阻擋的潮流，每一個地方，都必須抓住這個歷史機遇。「天台不僅是我的故鄉，也是文化底蘊非常深厚的地方，越了解越喜愛。天台的哲學思想、美學傳統特別深厚，這是別的地方所少有的，也是難能可貴的。天台的發展，應當有自己的特色，發展自己的優勢，走綠色生態的可持續發展之路。」

金先生深情地說：「二十一世紀的人，人人都是異鄉人，我一輩子都在漂泊之中。人都希望有個停泊之地。天台是我的原鄉。我在德國的時候，騎車看到月亮，我想起的，卻是故鄉。天台是我父母之地，也就是我的故鄉。尋找故鄉，是追尋生命的回歸。我這一輩子，就是尋找回家的路。這兩次回鄉，我都非常高興。雖然我不會回家鄉長住，但是，思鄉愛鄉的感情，反而會隨着年齡的增長而加深。我會告訴我的子孫，天台是我們的原鄉。」

當我請求金先生為《台州日報》題詞時，他欣然答應，用毛筆寫下「祝台州日報越辦越有台州的人文情懷」。

我希望金先生以後多來故鄉，多聽鄉音，他高興地握着我的手說：「一定會再來！」

趙宗彪，二〇一九年四月十一日《台州日報》

從劍橋到中大，從文學到社會學

—— 談文學和大學教育 *

訪談者：林道群

林： 金教授，最近看到你重印了《劍橋語絲》、《海德堡語絲》和《大學之理念》三本書，令像我們這樣的老讀者，想到了很多，有些是關於時下的，有些則是關於過去的，為什麼選擇在這第三個千禧年的第一個龍年，重版這三本書呢？

金： 沒有什麼特別原因，不過碰上第三個千禧年的第一個龍年，覺得有點意思。千禧年這個符號是西方的，現在變成為了全球的，龍年則是中國的、東方的，或者說是本地的。作為一個現代的中國人，這些符號都已構成存在的意義的一部分。

至於這三本書的重印，則是因為《劍橋語絲》與《海德堡語絲》的香港版早已斷市，不時還

---

* 本訪問成於二〇〇〇千禧年。

有識與不識的人問起。《大學之理念》原在台灣出版，香港的讀者不易找到，所以我趁機對原書做了些增刪，以新版在香港問世。當然，書之重印至少要通得過出版人和作者本人兩關。牛津大學出版社願意為此三書重印，那是通過了牛津大學出版社編審的眼光與判斷的一關。就我個人這一關而言，我出過好幾本書，有的已斷市，但我不會重印，這三本書似乎與時間關係不大，還是有人看，還是值得再問世，《大學之理念》更是一個新版，增加了新的內容。

林：在你的著作中，好像唯有兩本「語絲」是屬於文學的，很多人也非常喜歡這兩本「語絲」，《海德堡語絲》還被上海文藝出版社收入《中國留學生文學大系》中，但此後也未見你再寫了（到了二〇〇八年，金教授終於寫成「語絲」的三妹《敦煌語絲》）。這兩本「語絲」是怎樣寫出來的？

金：寫《劍橋語絲》和《海德堡語絲》，如我說過的，那是一種因緣。如果不是一九七五年去了劍橋，就不會有《劍橋語絲》這十多篇散文；

如果不是因為有《劍橋語絲》在先，不是因為一九八五年在海德堡住了半年，也不會有《海德堡語絲》。

簡單地說，我之動手寫劍橋，就因為它美，之所以會一篇一篇地寫下去，是因為它的美是有內涵的，是一種涵有歷史、文化的深層之美。我寫一篇篇的劍橋，是一篇篇的「獨白」，但也是一篇篇與劍橋的對話。一九八五年，我也寫《海德堡語絲》十多篇散文，也是同一心理、同一心境。

林：良辰美景，因緣際會，然而寫的時候主要想的是什麼？比如說一開始落筆，有沒有想過一系列下來要怎樣寫，寫成怎麼樣的文章？

金：當時寫《劍橋語絲》時，並不是一開始就想過一系列地寫，也沒有過出書的念頭，但一開始落筆後，覺得很難停筆，覺得不多寫寫，不好好寫，頗有負劍橋，或者頗有負我的劍橋之行。誠然，當時有不少讀者包括我的父親，催促我一篇篇寫下去，其中台灣的《中國時報》與《聯合報》編者的雅意與盛情更是我一篇甫

完，又再構思另一篇的原故。最想不到的是，最早對我提出一篇篇散文結集出版的是我的老師，也是中國的大出版家王雲五先生。王雲五師太喜歡這本書，他還指定列在台灣商務印書館當時正在策劃的《岫廬文庫》的第一本。《劍橋語絲》的問世，實是一連串的因緣。

林：你寫的《劍橋語絲》有你自己的風格，董橋曾稱你的兩本「語絲」是「金體文」，你能否説説你的《劍橋語絲》是怎樣的一本書呢？

金：董橋是散文的奇才，眼高，手也高，他對我的兩本「語絲」有特別的偏愛。説真的，《海德堡語絲》的一篇篇散文，所以能在《明報月刊》一期期刊出，就是被當時他這位《明報月刊》總編輯的高情盛意所逼出來的。純粹講「文章」，《海德堡語絲》恐怕更多一點「金體文」的味道，問我《劍橋語絲》是怎樣的一本書，這一點我曾説過：

　　這些語絲，有的是感情上露泄，也許沒有徐志摩那種濃郁醉意；有的是歷史的探

尋，但我無意於嚴謹的歷史考證；有的是社會學的分析，卻又不是理性的社會學的解剖；還有的則是「詩」的衝動與聯想（我不會吟詩，但在劍橋時，我確有濟慈在湖區時的那份「我要學詩」的衝動）。我真的很想勾勒、捕捉有形的劍橋之外的劍橋，那是霧的劍橋、古典的劍橋、歷史的（發展的）劍橋！劍橋已經亭峙嶽立地存在七百多年了。在我之前，不知有多少人曾以彩筆麗藻寫過她，在我之後，必然還會有無數人繼續去寫她。劍橋是一「客觀」的存在，但每個人筆下的劍橋都是他們自己的。

現在看來，《劍橋語絲》裏面想寫的東西是很多的。當然，怎麼寫，如何寫是重要的，但寫什麼，表達了什麼一樣重要，或者更重要，這就是以前中國人所說的文與質。我以前說《劍橋語絲》「沒有微言大義」，事實上，也不能說完全沒有，這在《海德堡語絲》就更明顯了。

林：你說寫《劍橋語絲》與一般的遊記也不太一樣，怎麼說呢？

金：梁錫華博士曾有一篇學術論文，評論香港的遊記文學，其中用了很多篇幅討論我的兩本「語絲」，特別是《海德堡語絲》，他對「語絲」有很細緻深入的分析，顯然他很看重。梁錫華博士是把我的「語絲」歸為遊記文學的一類，不過，他又認為我的「語絲」不太像遊記。

我自己並不在意這兩本「語絲」是否屬遊記文學。誠然，我所寫的確是在捕捉我所「晤對」的景與物，但我落墨最多的是我之所思、我之所感。所思所感都表現在聯想與想像上。這就變成我很「個人的」、「私己的」世界。純以看遊記的心情來看「語絲」就不一定對味了。不過，我覺得不管是什麼類型的文學，聯想和想像是創作裏面主要的成分。沒有想像，沒有聯想，談不上創作的，創作不是憑空造出來。

林：陸機《文賦》所説「觀古今於須臾，撫古今於一瞬」……

金：寫作時，聯想與想像的空間真的太大了，上下古今，東方西方都會交結串聯。古人有言，因為花，想到美人；因為酒，想到俠士。聯想是

符號的交光互影。人與動物不一樣，動物只識得信號，人則活在符號世界中。語言是符號，文字是符號，儀式是符號，藝術是符號。怎麼把符號想像性地建構起來，這就不是寫學術論文了。那是我們說的文學世界了。

林：在《大學之理念》裏，你引紐曼（John Newman）的話說：「大學不是詩人的生地」，接着又說，但如果大學不能激起年輕人的詩心迴蕩，大學是談不上有感染力的。劍橋、海德堡這樣的大學的外在環境是怎樣引起你心底裏「詩的衝動和聯想」？

金：紐曼是就大學之功能而言的。至於像劍橋、海德堡這樣的大學城，不止美麗，而且有歷史與文化的厚度，有千百樣的符號觸動你的心靈。當然，這對每個人都是個人的晤對。所以說，千隻眼睛有五百種的看法，如果個人心裏沒有歷史的話，歷史並不存在。心裏沒有文學世界，你看到的是不會有文學性的。當年到杭州，走在蘇堤白堤上，我說，漫步蘇堤白堤之上，像是踏在一首首千古傳誦的詩篇之上。白

居易的詩，蘇東坡的詩早已成為蘇堤白堤的構成部分了。蘇堤白堤不只是蘇堤白堤，它們是中國文學的符號。所以當你心中有蘇東坡，有白居易，那麼同樣走在蘇堤白堤上，但實際上你走的和別人走的，其實是不一樣的了。你每走一步有你自己獨有的聯想和想像。有時候，讀者朋友遊罷劍橋歸來說，金先生，劍橋沒你寫的那麼好嘛。我說，那我可沒有辦法呀，那是每個人如何會意的了。比如沒有徐志摩，我與劍河一打照面未必就會有那麼多的聯想。從這一點來說，我看到的劍橋的確可說是來自歷史，而不是唯美。

林：我希望你就聯想這個概念再多說幾句。

金：比如說《劍橋語絲》的十多篇文章中，談到中國的好像並不多，但聯想常是一種跨地域的、跨時空的心靈活動，就以〈是那片古趣的聯想？〉這篇散文來說吧。我當時在劍橋，對劍河、對劍橋的建築、對劍橋的草木、對劍橋的月光所感染到的，是一種古典的味道，很熟悉，好像曾經來過，怎麼說呢，那是詩裏面

的，中國古詩裏面的。現實中劍橋的物景我雖然第一次晤對，但在想像世界中我的的確確早就徘徊過不知幾回了。故一見到她，我立即有「就是它了」的一種感覺。它給你一種感覺，一種不陌生的感覺，一種「曾經來過」的感覺，所以我寫：「曾經來過？是的，我確有些面熟，但我已記不起在哪裏見過了。是杜工部詩中的錦官？是太白詩中的金陵？抑是王維樂府中的渭城？有些像，但又不像！但我何來這樣的感覺？是佛塞西雅的聯想？還是因劍城的那片古趣？」

林：一種古典的味道？是純粹美學的還是歷史的⋯⋯

金：什麼是「古典的味道」，也許未必能説得清楚，但你我的確都能深深地感受到，它是經過時間的洗禮後的一種美，是美學的也是歷史的。兩樣都有，都糾纏在一起了。甚至中國、西方之分別，在這樣的情景交融中都分不清了。

林：《海德堡語絲》所收〈最難忘情是山水〉（見《敦煌語絲》，牛津大學出版社，二〇〇八；中華書

局，二〇一一。）一文終於在景在情都回到中國來，又是怎麼樣的聯想？

金：你或許不知道，那篇文字寫於一九八五年，是我第一次踏上離開了三十五年的中國故土，「少小離家老大回」，心情是很複雜的。那篇文字着墨最多的是山水，是文化中國，不是政治中國。那些難以忘情的山水，其實我以前大多數並未去過，然而我在夢中卻不知去了多少回了。故土之行不久，我去了德國的海德堡，在他國異鄉常常在潛意識裏，不知不覺中都會想起中國。中國對我是一個龐大而有無數意義交集的符號叢結。當我在海德堡高弗茲博物館看到六十萬年前的「海德堡人」我就自然地想到我們的祖先「北京人」來，我問：「他（她）老人家現在何處？」

在巴黎凡爾賽宮驚眩於金碧輝煌的秋色時，我不禁想起故宮，想起景山，更想起北大附近西山的紅楓，「聽人說，西山的楓葉像西天的一片彩霞」，我這樣寫。

令我自己都有點訝異的是，當我在日內瓦古城

一家客棧，打開七樓的窗簾，見到一片初雪時，我這樣寫：

> 眼下所見的屋頂盡鋪着閃閃發光的白雪，一輪旭日從中國的方向升起！
>
> 我的胸中筆下與中國這個符號叢結有太深的關連。

林：寫那篇文章時印象最深的是……

金：你記得我怎麼寫南京，寫中山陵嗎？我是這麼寫的：

> 中山陵是中山先生之陵寢，瞻仰者絡繹不絕。晨雨之後，郁郁蒼蒼，更顯得沉雄博大……中山陵共三百九十二級，從下面望上去，層層疊疊，如有千級，有高山仰止之感；從上面往下看，則只見一片片廣闊的平台，似全無階級也。此最能顯中山先生平易近人的精神。中山陵出自呂彥直的手筆，當時他不過三十許人，他的設計之難能處，在於捕捉住中山先生人格之偉大，卻沒有把中山先生塑造為神！

還有我寫蘇州，可是一種痛啊！

　　進蘇州，已是近午時分。梧桐的濃陰遮不盡白牆、墨瓦的古意雅趣，小城的街道玲瓏得我見猶憐。還來不及咀嚼匆匆的第一面，汽車、單車、人群之爭先恐後，此起彼落的喇叭聲，我那份準備擁抱江南半個仙鄉的心情已經冷了半截，更有那一塊塊、一條條店面上的簡體字，把這個兩千四百九十九年的名城裝點得今不今、古不古。最難堪的恐還是穿插在大街小巷的小河，水仍是水，只是已成為與污物浮沉的濁流了！

我説擁抱江南半個仙鄉，因為另半個是杭州。接着寫到西湖：

　　在西湖，舉目所讀之景，莫非一篇篇上佳小品文；漫步白堤蘇堤之上，更像是踏在一首首千古傳誦的詩篇上了。

林：寫得真好！

金：蘇杭、蘇堤白堤，幾百年來太多文人墨客寫

過了，這是我們的財產，但也可以是我們的負擔。中國文學傳統有時會把人壓得喪失了創造力，例如你看美人會很容易想起「沉魚落雁之美」的文句。第一個能使用「沉魚落雁」的人真有想像力，然而我們如果陷入駢四儷六，成語典故，則終陷入一種文化的模型中跳不出來了。文學如此，畫也一樣。我們說陳腔濫調的文學，就是指被定型了，就是指沒有想像力了。文學要有發展，一方面需要浸淫在文學傳統中，但另一方面又要能從傳統文學一層層的包圍中掙脫出來。

林：我們讀書可將勤補拙，但怎樣才能走得出來呢？古典文學世界畢竟美得如詩如畫。

金：傳統越厚，文學世界當然越豐美，但對個人而言，它是文化資源，但也可能是負擔。本來嘛，要在承繼傳統中，又要有突破確是難乎其難的，所以，不是說，獨領風騷五百年嗎？這是誇大的說法，但也正說明在中國巨大的文學傳統中，要有巨大的原創性的突破是少之又少的。倒是十九世紀末以來，西湖東來，中國傳

統受到前未之有的挑戰，這固然不幸導致許多傳統的破壞，但卻也因此開闢了文學（不止文學）這新路。

林：金教授，你寫「語絲」，可見出你對文學之愛，不過，你的專業是社會學，從文學到社會學，這條路是怎樣走上的呢？

金：是的，我是從事社會學的。我對文學有所愛，但畢竟是社會學之外的興趣。我求學的道路平穩而多變，從修讀法律始，到政治學，到國際事務，最後落腳在社會學。我之對社會學發生興趣，那是因為它對我關心的大問題，即中國之變與中國之出路提供了最有力的思考的資源與着力點。一九六六年我出版的《從傳統到現代》已可看出我已走上社會學之路，誠然，我的性向，我的人文情懷，都影響我的社會學思維的傾向。

林：後來怎麼來到了香港中文大學？

金：一九七〇年來香港中文大學實在是又一因緣。當時，中國著名的社會學家楊慶堃教授應中大

創辦校長李卓敏先生之邀請，幫忙發展中大的社會學。楊教授曾看過我寫的《從傳統到現代》，是他寫信到美國，極力鼓勵我來中大的。想不到，我一來就來了三十年。這三十年我不止目睹香港由一個「殖民城市」轉向世界級的大都會，並且有幸參與了中大的發展與轉化過程。不誇大地說，中大今天已經是一間世界級的大學了。楊教授已作古，我對他有很深的感念。他是一位了不起的社會學家，也是一位了不起的人。今年十一月底，美國匹茲堡大學與中大共同舉辦一個國際研討會，是專門為紀念與肯定楊慶堃教授的學術貢獻與事業成就的。

林：我記得思果先生寫「文學的沙田」圈子，說你是「幾乎是唯一對任何人物、任何事情都徹底研究過，而且有了結論的人」……

金：這是思果對我的印象。我與思果不算太熟。我很喜歡他的散文，是英國式的，很淡，也很醇，是一流的。當時中大有一個文學圈，包括余光中、宋淇、梁錫華、思果、黃維樑等人，

時有文學沙龍活動。我不是圈子裏的人，我當然是樂見其成為一種氣候的。後來黃維樑編《沙田文叢》，將我的《劍橋語絲》、《海德堡語絲》收入到文叢裏。

林：《大學之理念》此書在台灣不斷再版，甚至成為大學生必讀書，最近港大風波，胡恩威還撰文說何不好好讀一讀金教授你的書。然而，我好像未讀過你專門討論中大……

金：《大學之理念》很榮幸香港有胡恩威先生這樣的知音。的確，我沒有專門寫中大的文章，不過我擔任新亞書院院長時，倒寫過不少關於新亞書院的文字。其實《大學之理念》裏面不少筆墨是寫新亞的。中大這三十年來經過了很大的「都市化」的過程。所謂大學都市化，簡單說來就是在校園中你會碰到許多人你是不認識的了，從人文來說，都市化是一種「陌生化」的過程。大學不再是傳統小鄉鎮，而是一個城市。University 已變為 multiversity。

林：可小鄉小鎮的生活往往最令人懷念，大學為什麼

總要不斷地發展呢？

金：當然，當然，當大學是小城鎮時，那種大小老少學者聚在一起論道談藝是很令人神往的境地。不是嗎？把酒（茶、咖啡）談天說地不是我們喜愛的一種學術生活嗎？然而現代大學不斷在發展，都市化當然與「陌生化」分不開，但我們也應該看到另一方面，都市化可以減少了小鄉鎮那種「集體的暴力」，沒有了周圍的吱吱喳喳，指手畫腳，個人性更能得以突現。在一種都市化環境中，個人更多一種選擇的自由。你無法與所有的人都有溝通、對話，但你可以選擇你的圈子、談你想談的，分享你願意分享的，選擇是人生的大問題、也是我們現代人的主題，存在主義把選擇放到中心位置，選擇是自由之源，也是到「真誠」（authenticity）之路。整體上看，大學變得太大了，缺少了小鄉鎮那種人人見面噓寒問暖的親切情調。不過深一層看，在大學裏的有許多世界，許多小社會，書院是一個社會，學系也是一個社會，在學系裏，不用說實驗室裏緊密合作，學系裏的

學術討論密度也遠比以前大得多。離「道」更近了。大學因而表現出來的力量比以前更大了。

林：當代博雅教育大師巴森（Jacques Barzun）對百年來西方文化本身理性的過度發達顯然不以為然。近日余英時教授、甘陽、夏志清教授都撰文説巴森的新書《五百年來的西方文化》值得認真一讀，而若説到對人文教育的悲觀，莫如耶魯文豪布羅姆（Harold Bloom），他説現在大學連莎士比亞也講不下去。經典失卻了經典的地位，大學怎麼辦？

金：巴森對西方文化理性過度膨脹的批判是可以理解的，布羅姆對人文教育的感嘆更容易引人共鳴，經典確是失卻了經典的地位。中文大學的鄧仕樑教授還寫過一本《沒有經典的時代》的書。我想中國的人文學者對經典失落可能比巴森、布羅姆的感受更為強烈。在西方大學裏，有莎士比亞講不下去的感歎，而在中國大學裏，不但要考慮中與西的學術文化傳統的定位，還要對一個「科技性文明」的基本意義有所掌握，現在碰上全球化浪潮，更不能不讓

大學生有全球知識，世界關懷。的確，在香港的大學裏，大學只有三年，學生的時間就這麼多，課程怎麼安排？這確是大問題。中大一直堅持在專業教育外，要有通識教育，就是希望「中大人」能成為合格的現代的中國知識人。這些問題，我在《大學之理念》中談得不少。

林：大學教育漸漸朝向全民化教育，大學教育的目標是否仍是培養專業人才呢？培養全人式的大學教育還有可能嗎？

金：你說到全人（total man）教育的問題，香港本地有些大學的教育目標誠然是「全人」教育，但在大學的結構中，推動全人教育與專業教育是有緊張性的。香港的大學行三年制，已經對通識教育扣上了緊符咒，很少空間發揮。再則，在香港，大學不能不重專業教育。原因呢？香港百分之八十五以上的大學生，畢業後會立即到社會上各行各業去工作，只有少部分人會繼續念研究所。所以我們的大學教育不能不考慮他們日後就業的專業知識。因此，專業的課程排得很重。中大當然明白，大學只傳授

專業知識是不夠的，不完整的，所以我們同時重視通識教育。至於專業教育中的雙方修制、主副修制等等，都是為擴大個人的知識視野。

林：人文教育在大學扮演怎麼樣的角色？

金：社會越發展，分工越厲害，學術的分裂與分化是不能避免的。在傳統時代，人文教育是大學的主導，但在現代，人文教育的位序已不再獨尊了。一九五九年，劍橋斯諾（C. P. Snow）就說到「兩個文化」的衝突，他說，劍河兩岸，一邊是人文，一邊是科學，他的話在太平洋兩邊引起很大的爭論，而這個爭論直至今天仍未完。社會學家柏深思（T. Parsons）更提出第三個文化的概念，即是社會科學。前些天華勒斯坦（I. Wallerstein）在科大講開放社會科學（open social sciences），我被邀去作評述。華勒斯坦認為社會科學未必能獨自成為一個文化，但它倒拉近了人文和科學的距離。他甚至認為，從本體論講，人文（human）和自然（nature）不必截然對立。人的世界與自然世界有相通之處。

林：我們已進入二十一世紀，在第三個千禧年開始的
第一個龍年，你如何看中國文化的前景？

金：今天我們畢竟已踏入了二十一世紀，我們傳
統的文化宇宙已改變了。中國文化今天遇到的
不是張之洞遇到的問題，也不是王國維遇到的
問題，甚至也不是胡適之遇到的問題，我們遇
到的是「科技性文明」的問題。我們所要面對
的不是要不要「科技性的文明」，而是要什麼
樣的科技性文明，過去科學在世界之中，今天
世界在科學之中。海德格爾說過今天談文化，
如不考慮科技是不會深刻的。對科技拒斥是沒
有必要的。十六七世紀開始以來的科學，改變
了「自然」，控制了自然。科學讓我們了解世
界，科技則改變了世界。到了今天，科技已在
改變「社會」。社會改變了，從我們早上出門
上班坐車、搭電梯、打電話、用互聯網，一切
都在改變。二十一世紀，科學開始要改變我們
「人」本身了，人的定義，人的存在的意義都
會成為新問題。複製人會出現……你可不要
笑呀。中國文化，其實應該是人類的文化，都

要面對科技性文明帶來的挑戰。科技在整體上無疑增加了人類的文明性，第二個千禧年開端之時，距今一千年，那時中國或西方的文明是怎樣的呢？我毫不猶疑地會樂意生活在今天的文明。你呢？誠然，新科技也帶來危機，有危險，也有機會，中國文化的理性的人文傳統在新文明的建構中，將會是科技的夥伴，而不是對手。中國文化的根本精神是非科技的，但不是反科技的。

林：三十多年前寫《從傳統到現代》，主張中國的現代化，不知你對近年對「現代化理論」的批判，對「現代性」問題的反思與討論，還有「後現代主義」的興起，有什麼看法？

金：我對中國現代化的立場沒有變，我認為中國更應加快、加深現代化。現代化仍是二十一世紀中國的大業，這是中國自十九世紀末葉開始的「現代轉向」的「漫長革命」（借用Raymond Williams 的書名）。諾貝爾獎得主墨西哥大詩人帕斯曾說墨西哥是「命定地現代化」（condemned to modernization），其實，中

國也一樣。至於「現代化理論」，乃指五六十年代美國柏深思開展出來，影響當時整個社會科學界的理論。「現代化理論」是有其理論的盲點，並且有「美國中心」的傾向性。但是，這個「特殊的」現代化理論的失勢是一回事，全球現代化的持續發展是另一回事。現代化之路不是一條，而是多條。同一理由，「現代性」也不能以歐美出現的現代性為範典（paradigm），它只是「現代性」的一個案例，當然是極重要的案例。今天學術界已有相當的共識，那未來出現的，或還在形成的是「多元的現代性」（multiple modernities）。不久前艾森思坦（S. N. Eisenstadt）在香港演講，也講的是全球多元現代性。中國現代化所追求的是一個中國現代性，或者說，中國的新文明秩序。現代性的建構是充滿發展空間的事業，並沒有一個先驗或預設的狀態。「後現代主義」一詞多義，有不同的流派，有不同的問題意識。我在此不會討論「後現代主義」，至於「後現代主義」中持「現代之終結」的立場者，則迄今我還沒有看到真正有說服性的理據。誠然，

「後現代主義」中對現代主義，對「現代性」的批判，確有重要的反思。不過「現代性」本身就是有內構的「反思力」（reflexivity）。總之，從社會學的觀點，我們還在建構「中國現代性」的過程中。

記我書寫的出版快事

（一）

一九七〇年，我應香港中文大學之聘自美來港，開始了我此後三十四年在香港的教學生涯。二〇〇四年自中大退休，續聘為榮休社會學講座教授迄今又十四個年頭。

我在香港四十八年，今已是八十三歲的老香港人了。我這個老香港人，也是一個老書寫人，書寫是我基本的生存狀態。退休十四年中，書寫仍是我生活的中心。誠然，對一個書寫人來說，書的出版是第一在意的。我書的出版始於台灣，我的第一本學術著作《從傳統到現代》，第一本散文集《劍橋語絲》都是在台灣最早出版的。數十年裏，我不少書的簡體字版亦先後在內地出版，但我這一輩子，書寫最多，出版也最多的是在香港。在這篇短文中，我只記述我在香港所經歷的幾件出版快事。

（二）

在香港，早年出版我書的有幾家出版社，但從一九九二年起，我的書幾乎全由牛津大學出版社出版了。一九九二年是這間世界著名，有近八百年歷史的牛津大學出版社第一次出版中文書，我受出版社編輯林道群先生的邀約，他表示牛津大學出版社出版第一批中文書中希望有我的書，我當然是欣然應命。

我不止對牛津這個老招牌有好感，更覺得這是牛津遲來的遠見，必須支持。中文不但是十億以上中國人的語文，它已是越來越有世界意義的語文了。就這樣，我和牛津大學出版社結緣了，也成了我書寫的出版的一件快事。

牛津大學出版社的編輯林道群，當年應是而立之年的年輕書生，他是中大文學碩士，氣質清雅，在出版界已有很好的口碑。自一九九二年以來，我們交往不斷，他也不斷為我的出版事盡心盡力，今天我們已是無話不說的「老朋友」了。二十六年中，道群兄已先後為我出版了十本書：《中國的現代轉向》、《中國社會與文化》、《中國

政治與文化》、《社會學與中國研究》、《大學之理念》、《再思大學之道》、《劍橋語絲》、《海德堡語絲》、《敦煌語絲》及《學思與生涯：訪談錄》。

我對林道群這位編輯人的識見、巧思與情志是十分欣賞與欽佩的。二十六年來，牛津大學出版社在華文世界已樹立了一個好名聲，道群兄之功大焉！

（三）

香港中文大學出版社是一九六三年中大創立後不久就成立了。創校校長李卓敏一開始就認識到大學出版社的意義與功能。中大出版社始終體現中大強調的「國際性」與「中國性」，始終以「結合傳統與現代，融合中國與西方」（李卓敏語）為出版宗旨，故中大出版社與中大的「中英雙語政策」也是密切配合的。在我十幾年中大副校長任內，中大出版社是我負有監督之責的，也以此，在中大三十四年中，我個人的著作刻意地不在中大出版社出版，其實我的英文論文，大都在國際學術期刊與國外大學出版社（Harvard、Stanford、

Michigan、Hawaii 等）的論文集中發表。二〇一八年，我自中大退休已十四年，中大出版社為我出版了 *China's Great Transformation: Selected Essays on Confucianism, Modernization, and Democracy* 的論文集。現任社長甘琦女士是以求完美出名的專業編輯人（她的夫婿是海內外享有高名的詩人學者北島），她為我出版這本論文集，對我當然是一件快事，這也是我的「中大緣」的又一緣。

（四）

我與百年老店中華書局和有六十年歷史的書畫名社集古齋的相遇，則是我近年書寫人生中一段出版經驗中大有快意之事。

中華書局與商務印書館都是中國有百年歷史的著名出版社。中華創立於一九一二年（上海），商務創立於一八九七年（上海），都是維新運動下的產物，二者均以弘揚中國傳統文化和創建中國新文明為出版宗旨，他們在中國現代化的歷史運會中，在推動中國的學術與文化上，扮演了極之重要的角色。

中華書局早於一九二七年，商務印書館更早於一九一四年就在香港落地生根，也即有了香港中華書局和香港商務印書館，他們長期以來都是香港出版界的翹楚。我而立之後三數年，曾在台灣商務印書館工作，所以對香港商務和香港中華，有一種自然的親切感。我更高興知道香港商務與台灣商務有不少交流與合作。一九八零年新亞書院的傑出校友陳萬雄博士出任香港商務總經理兼總編輯，之後更成為聯合出版集團的總裁。近十年，聯合出版集團先後在陳萬雄與文宏武先生主持下，香港商務和香港中華的出版業務日趨現代化、電腦化、數碼化，香港、九龍、新界的連鎖店在香港這個大都會的版圖上增加了不少文化的身影。香港商務和香港中華在經營管理上處處彰顯出香港精神和香港特色。

我與香港中華書局第一次相遇是在二〇一二年。當時香港中華為慶祝中華書局百年之慶，將我的《是那片古趣的聯想》的散文選集（是我三本「語絲」中的選文，曾得到牛津道群兄的首許）收入他們特編的「香港散文典藏」中。

二〇一六年春，中大中國文化研究所陳方

正兄語我，香港的書畫名社集古齋有意為我舉辦一個書法個展；初夏，歷史學者鄭會欣先生再來對我提及此事，並安排集古齋總經理趙東曉博士與我見面。趙東曉先生年輕老成，溫文爾雅，原來他也是為我出版《是那片古趣的聯想》的香港中華書局總經理、總編輯。所以我們初見便能直入話題，言談之中，我深覺東曉兄深諳翰墨之道，更是愛我、知我書法之人。於是，便有了二〇一七年三月在集古齋舉辦的「金耀基八十書法展」，而香港中華書局同時出版了《金耀基八十書法集》，這次十分成功的書法展充分顯示了東曉兄運籌策劃的本事，令我既感且佩，接着是年九月，他又與中國藝文界名士祝君波先生合作，聯手在上海舉辦了「金耀基八十書法展」，並由集古齋出版《金耀基八十書法作品集》。上海的書法展盛況不說空前，也是溯歟盛哉！而二冊書法集也讓我這個書寫人殊多快意。

我與香港中華書局最新一次的愉快合作是出版《人間有知音：金耀基師友書信集》。八十歲之後，我沒有寫回憶錄的計劃，卻有了編印師

友書信集的念頭。趙東曉兄是歷史學者，他第一時間就鼓吹我盡早把這本師友書信集出版。他表示，我不少師友是我相知相重的「知己」和同聲相應、同氣相求的「知音」，更有不少「知己」、「知音」的師友是歷史性人物，故這本師友書信集不止為我個人而留念，也是為歷史留紀錄。難得的是，東曉在看了我的師友書信集後，提出了一個具體而有想像力的構思，希望能為我出版一本不一樣的書信集。他建議我為每一位寫信給我的師友寫數百字至千字的勾描，並特別說說每位師友與我結緣的時空情景。我甚然其意，於是乎，這本有近八、十萬言的《人間有知音》的師友書信集不止有我師友的手札，也有我寫師友，我寫我自己的回憶文字。雖是一麟半爪，片光吉羽，卻不期然而成了我半部「回憶錄」了。

　　近三、四個月來，為了《人間有知音》這本師友書信集，我常每日伏案書寫八、九個小時，樂此不疲，而香港中華書局的趙東曉與黎耀強等一流的編輯團隊，日夜趕工，改了又改，力求精美，辛勞十倍於我。我這個老書寫人，不能不記述這一次難忘的出版快事。

憶新亞書院的一段歲月

一九七〇年，我從美國到香港，自此開始了我與香港中文大學的半生之緣。二〇〇四年退休，在中大三十四年中經歷了大學的成長，茁壯與騰飛的日子，有許多值得懷念的人和事。今年是新亞書院成立六十周年，書院邀為《多情六十年：新亞書院的過去，現在與未來》撰文，這就特別使我懷憶起在新亞的一段難忘歲月。

我到中大的第一天，也是我到新亞的第一天，我是應中大新亞之聘參加新亞社會學系的（那時三間書院各有自己的學系），記得中大校長李卓敏先生在一九六九年秋到匹茲堡大學接受榮譽博士學位（另二位是外交家季辛吉和太空英雄鮑曼）特別抽時間約我晤談，表示歡迎我去中大。我相信這是因匹茲堡大學社會學家楊慶堃教授向他推薦的，楊教授那幾年都在幫中大發展社會學。我與卓敏先生雖是初次見面，但他熱情與

坦誠的談話讓我不覺有半點隔閡感。李校長給我最深刻的印象是他對他創辦的年輕的中文大學所抱持的那份強烈信念與宏大企圖心。之後，新亞社會學系主任冷雋教授到匹茲堡研究訪問，他來我住處見面，並懇切邀我去中大的新亞書院，他還充滿興致地為我介紹了新亞書院的歷史和近況。新亞書院我是不陌生的，錢賓四、唐君毅二位新亞前輩先生的著作，我在台灣大學求學時就讀過，紋遲已久。冷先生早年留美，曾從政、治學勤謹，他贈我著作，還特別提起他看過我一九六六年出版的《從傳統到現代》那本書。翌年，我到香港的中大，又是到中大的新亞，這是我很樂意的。想不到的是，一直到二〇〇四年退休，我的學術生涯再沒有離開過中大新亞，這份學緣不可不謂深矣、久矣。在中大三十四年中，我為新亞書院所花時間與心力最多的是一九七七年到一九八五年擔任院長的八年歲月。這段歲月，距今忽忽已是三十年了，但有些人和事，及今回憶依然歷歷在目。

（二）

一九七七年三月一日，我正式接任新亞書院院長，誠然，成為一間由錢穆先生創辦而擁有一個偉大文化理念的書院的院長，對我是一份特殊的榮譽，但我真正感到的是責任之重。當時，大學剛走完自一九六三年立校以來最重大的改制的法律程序，一九七六年十二月二十三日立法局通過了「香港中文大學法案」，這個法案是基於第二個富爾敦勳爵的報告書的建議而制定的，新法案產生最大的變革是所有學科（系）均歸屬於大學的各學院（Faculty），書院（College）不再設學系，於是，老師之聘退升遷悉由大學統理。在新制下，任何一個老師或學生入中大，必屬大學之學系，同時，也必分屬一個書院，用富爾敦勳爵的術語，大學負責「學科為本」的教學，書院負責「學生為本」的教學。毫無疑問，這位牛津出身的老先生為中大三間書院重新定位時是以牛津、劍橋大學的書院為參照模式的。就在這個新法案在立法局通過成為法律之日，新亞董事會李祖法先生等九位董事辭職抗議。誠然，任何機構遇到改制的問題，一定會有爭議；中大這次改

制，爭議的聲音特別大，其實，在富爾敦勳爵領銜的改制委員會成立之前，一九七四年大學本身就成立了一個由當時新亞書院院長兼中大副校長余英時教授為主席的「教育方針及大學組織工作小組」，我是小組成員之一。工作小組花了極大的心力，為大學作了一次全面的體檢，認為大學之發展，遇到了制度性的瓶頸，因此提出了一系列的相應的改制建議，小組相信這些建議是最符合大學（包括書院）的整體利益的。但遺憾的是，不但工作小組的報告書不能贏得高度共識，連工作小組的工作亦受到不很同情的質疑，身為工作小組主席的余英時先生更承受了許多委屈。工作小組在最後的一次聚會中，大家並沒有特別的輕鬆之感，只覺得「我們已做了應該做的事。」工作小組結束後，余英時先生返美，我亦去了英國劍橋。不久，為中大改制，港督成立了第二個富爾敦委員會。我事後知道，富爾敦委員會採用了不少工作小組的論述與建議。大家知道，富爾敦老先生是香港中文大學的催生人，他晚年一心一意想做的一件事，就是要使中大成為一間香港人可以自豪的偉大學府。事實上，富爾敦勳爵的第

二個報告書為中大此後數十年的巨大發展奠立了制度的基礎。一九七五年我在劍橋時，富爾敦老先生曾邀我在倫敦上議院極有格調的餐室長談，記憶所及，他幾乎忘記了用餐，他所思、所想，所談者無一離開大學與書院的話題，他有定見，很執着，但顯然他努力避免偏執。這位英國老教育家仙去已多年，香港中文大學與富爾敦勳爵的名字是分不開的，他的名字已鑄刻在中大巍巍聳立的山岩上了。

（三）

接任院長後，第一件重要的工作是組成書院的治理機制。在一九七六年的大學法案（條例）下，書院的治理型態有了一全新的設計，之前書院行政負責人稱校長，在新制下，改稱院長。中文大學原有四個校長，現在只有一個校長了。過去書院的校長下有三長（教務長，輔導長及總務長），構成一個不小的行政隊伍，在新制下，行政大幅精簡。依新制，在書院校董會下設有一個院務委員會，英文叫 College Assembly of

Fellows，這是書院治理的核心機制。無疑的，它有牛津劍橋的書院的影子。這個治理模式，可以說是 Fellows 治院，院長最重要的職能便是院務委員會的當然主席。我任院長之初，感到最快意的事就是不到一個多月的時間就組成了一個由二十五位 Fellows 構成的院務委員會，Fellows 是無薪給的，沒有任何物質上的酬勞，他（她）們都是大學的專任教師或職員，他們之願意擔任書院的 Fellows，全出於對書院的感情和信念。這二十五位 Fellows 很代表性地反映了新亞老師的專業分佈，文學院的有饒宗頤、孫國棟、唐端正、李杜、孫述宇、譚汝謙、屈志仁、高美慶、劉國松、袁鶴翔十位先生；理學院的有趙傳纓、徐培深、朱明綸、麥松威、何顯雄五位先生，社會科學院的有林聰標、喬健、鄭東榮、梁作燊、黃維忠五位先生；商學院方面有閔建蜀、王啟安、鄧東濱三位先生，還有大學行政部門的陳佐舜先生以及雅禮協會代表史伯明博士，這是一個有強盛學術力的陣容，可謂濟濟多士。不僅如此，院務委員會之下，還設有十個專職委員會，即學生為本教學委員會、通識教育委員會、出版委員會、

獎助學金委員會、學生事務委員會、社會關係委員會、校園文化生活委員會、學生宿舍委員會、體育委員會、餐廳管理委員會。所有 Fellows 都分屬到二個以上的專職委員會。專職委員會成員除 Fellows 外，還有約三十多位新亞其他的教職員與學生，所以直接參與到新亞院政的教職員不下五十人之數。書院這種治理型態，如必欲有一名之，則可名之「共和國型態」。我自一九七〇年到新亞，專心於社會學之教研，除本系教師外，與新亞的教職員同仁，過從不多，說得上相知相識的更少。但自任院長以來，我與本院 Fellows 及許多其他教職同仁，因有甚多機會一同論事，一起做事，真正變成了互信互重的同事，有的更成為相濡以沫的朋友。院長八年任內，真有不少同仁對書院固盡心盡力，對我個人亦相持有加。院務主任張端友、院長室秘書鄧陳煥賢更是不辭辛勞，助我最多。歷任輔導長譚汝謙、陳廣渝、皇甫河旺、王于漸諸兄，在他們任內（各約二年）與我幾不隔日即見面，所談所關心的的都是新亞學生事務。講到底，書院重中之重的功能是為莘莘學子提供一成德成才的學習環境。大學「學

科為本」的教學顯然側重同學智性之發展，書院「學生為本」的教學則毋寧更於「全人教育」上着眼着力。在香港的大學中，惟中大有書院。書院制是中大之特色，但書院存在之理由必須體現於它在大學之教育中有「增值」之能量。這是為什麼新亞院務會之下十個專職委員會中有八個是關於新亞學生之生活教育的。我自己就兼了「學生為本教學委員會」主席之職，並且與其它教師一起擔起「學生為本」的課程。一年二學期，我每週或隔週與十位同學上課一次。討論的固然是學術上的問題，但有時也涉及人生與生活之事。這是雙向式的談說，是個人與個人的晤對。我在中大教書三十餘年，除了研究生課之外，儘多是大班，很少與同學有如此晤對談說的機會；多年之後與這些同學見面，每每有快樂的回憶。

（四）

「新亞書院之出現於海隅香江，實是中國文化一大因緣之事。一九四九年，幾個流亡的讀書人，有感於中國文化風雨飄搖，不絕如縷，

遂有承繼中華傳統，發揚中國文化之大願，緣此而有新亞書院的誕生。老師宿儒雖顛沛困頓而著述不停，師生相濡以沫，絃歌不輟而文風蔚然，新亞卒成為海內外中國文化之重鎮。」

上面所引是我今年六月應中文大學出版社之邀，為慶賀新亞書院創校六十周年，出版「錢賓四先生學術文化講座」系列所寫「總序」的開頭幾句話。新亞自始是一個學人團體，在錢穆、唐君毅、張丕介諸先生篳路藍縷苦心經營下，卒能在香港這塊英屬殖民城市名世卓立。而新亞之所以享譽海內外者，則在其維護與發揚中國文化上之功業。我有緣出任新亞院長，覺得新亞未來之發展，途有多趨，但歸根結底，總以激揚學術風氣，樹立文化風格為首要。因此我與同仁決意推動一些長期性的學術文化計劃，其中以設立與中國文化特別有關之「學術講座」為重要目標。我們覺得在中國文化的研究上，東海、南海、西海、北海，都有成就卓越之學人計劃。我們每年邀請傑出之學人川流來新亞講學，年復一年，永續無斷。這樣新亞師生均有論道問學之樂，豈不美哉？最後，新亞院務會決定把這個世界性的學

術講座定名為「錢賓四先生學術文化講座」，並請錢先生為講座首講人。蓋一者為感念賓四先生創建新亞之德，再者想借錢先生學術之重望，增加講座之號召力，三者是新亞在校師生十分想見見這位新亞老校長的講座丰采。

一九七七年夏，我飛台灣，到台北士林外雙溪素書樓拜訪賓四先生，陳明一切，這是我與賓四先生初次相識，他已是逾八之人，但思慮澄澈，善於講，亦善於聽。他使我有一見如故之感，臨別，賓四先生說：「我們有緣。」之後，新亞即發起講座基金之籌募。此消息一經公佈，立即受到新亞師生、校友以及大學內外友好的熱烈反應。我收到的第一張支票是校友董喜陞先生寄來的，從他身上，我看到校友對母校的深情，我與喜陞兄自此結交已逾三十年了。募捐的事，特別令我難忘的是，輔導長譚汝謙兄動員了新亞國樂會於當年十一月在香港大會堂舉辦的籌款演奏會。新亞國樂會同學在汝謙兄的輔導下，事前勤操勤練。演奏當晚，士氣高昂，真是叫好又叫座。新組成的新亞校董會（陶學祁先生與唐翔千先生分別為校董會主席及副主席）的董事先生也

都慷慨認捐，令人感念的是本港商界二位隱名人士得悉新亞的講座計劃時，即遣人送來捐款，就這樣，新亞講座得以提前一年開始。

一九七八年十月十一日，錢賓四先生在夫人胡美琦女士陪同下，依年前之約自台抵港，這時錢先生已八四高齡，並且於是年春忽患黃斑變性眼疾，已不能看字，且不良於行，但他還是越洋來新亞，以一月之期，分作六次講演，總題是「從中國歷史來看中國民族性及中國文化」。十月十二日，錢先生重踏上闊別多年的新亞講堂，開講的第一日，慕其人、樂其道者，蜂擁而至，教師、學生、校友、香港各界人士千餘人，成為香港一時之文化盛會。錢先生講演時，無書稿，一字一句脫口而出，皆是平日積存胸中之素念。濃郁的無錫蘇州口音，聽眾未必皆能明其所説，但都被他抑揚頓挫，又演又講的講堂丰采所陶醉，像我一樣能夠聽懂錢先生口音的堂下聽眾，真感到是一場豐盛的學術饗宴。

翌年，「錢賓四先生學術文化講座」的主講人是劍橋大學的李約瑟博士，他是世界上研究中國科技史最有成就的大師，錢賓四先生特從台灣

過來與他相會，在新亞雲起軒，我們看到這二位東西方學術巨子，惺惺相惜，相互祝杯的歷史鏡頭。繼李約瑟博士之後，我有幸逐年親迎日本京都大學的小川環樹教授，美國哥倫比亞大學的狄百瑞教授和中國北京大學的朱光潛先生，這幾位在學術文化上有世界聲譽的學者的演講，在新亞，在中大，在香港無不是一次又一次的文化盛會。從錢先生開始，每一位的演講稿都由中大出版社以專書形式出版，李約瑟、狄百瑞的英文稿且由中大出版社分別與哈佛大學出版社、哥倫比亞大學出版社聯同出版。一九八五年我卸任院長之職後，歷屆院長林聰標、梁秉中、黃乃正三位教授都年復一年繼續把「錢賓四先生學術文化講座」辦得有聲有色，三十年來，已成為新亞的一個傳統，相信賓四先生地下有知，必感欣慰也，當年賓四先生就稱許此一講座計劃是一「偉大之構想」，他在自己作完講座之後曾說：「此下逐年規劃，按期有人來賡續此講座，焉知不蔚成巨觀，乃與新亞同躋於日新又新，而有無量之前途。」

（五）

一九七八年成立「錢賓四先生學術文化講座」後，我心中就有一個想念，講座之設立，可以邀請各國大學之學人到訪新亞，以此我們可以與世界相通相接，自是一件樂事。但講座可以邀請的學人究竟太少，並且是單方向的，也即只有外地學者來訪，而沒有新亞的學者外訪。古人云，讀萬卷書，行萬里路，學者之外訪，實可以與各地大學之學人作學術之交流，思想的激盪。其實西方中古大學之世界精神，正有賴學人之相互訪問以展現。故我十分希望新亞能成立一個訪問學人的計劃，我的想念也得到院務會同仁的認同。當然，我所思慮的是如何籌措這筆經費。坦白說，我來香港不久，在工商界並沒有足夠的人脈。院長室秘書陳煥賢女士一日交給我一份資料，說近三年來，一位龔雪因先生一直默默在支持新亞。龔先生是香港江浙籍的一位很有聲譽的股商，建議我去登門致謝，並跟他說說新亞訪問學人的計劃。一九八○年九月十一日，我在中環一幢大樓中拜訪了龔老先生，龔老由他千金陪同見我。龔老清瘦，身子稍弱，但精神還好，是一位謙沖儒

雅的長者。他聽了我所擬的訪問學人的構想後，很感興趣，並當即表示願意捐出港幣五十萬元作基金，以其孳息支持此一永久性的計劃。龔老說：「我雖非富有，但我還有一點能力對教育文化盡些心意，算不了什麼！」說實話，我原不敢期待這個新亞訪問學人計劃的基金由龔老一人承捐的。三十年前，五十萬元雖不能為新亞建大樓，但卻夠新亞推動一項有意義的學術計劃。為了感念龔老對新亞的厚情，我事後在港、台二地報章發表了〈大學的世界精神：為「新亞書院龔雪因先生訪問學人計劃」之成立而寫〉一文。我知道，龔老為人低調，他甚至不想這個訪問學人計劃以他之名命名的。

在新亞的一段歲月中，我有幸結識好幾位工商界的有識之士，其中蔡明裕先生我更引為平生知己。蔡先生是日本籍的台灣商業奇才，他是我所知唯一成為日本籍而特准保留中國姓名的台灣人。蔡先生是我台灣大學校友張炳煌兄（日本名為長原彰弘）介紹認識的。炳煌兄當時是蔡先生在香港業務的代表，深受蔡先生之器重與信賴。他與蔡先生都是台大畢業，都是日本的留學

生，二人也都是財務金融的高才。蔡先生知我是台大校友，並且很看重新亞書院，他跟炳煌兄表示過很有心為新亞盡點力。一九八〇年夏，我應邀到日本筑波大學出席人類價值觀的國際會議，我就準備趁此機會拜訪蔡明裕先生。想不到蔡先生聞悉我在筑波，竟不辭勞遠，從東京驅車到筑波接我到東京的帝國大飯店，往返六小時有多。當晚，我與蔡先生有一次十分愉快的談話，雖然素昧平生，但一見如久別的好友。予我印象深刻難忘者，是他對文化與教育的廣泛興趣與熱心，早在二十年前，他就在台北與東京二地設立「明裕文化基金」，資助推展教育與文化事業。最使人感到鼓舞的則是他對我一些學術教育的構想和設立新亞書院基金的願景的積極反應。返港後，我即根據當時提出的構想和願景，諮詢了院內同仁，草擬了一份具體的計劃書，寄去日本。一九八一年歲末，蔡先生到美國、瑞士、盧森堡等地視察他所屬的金融業務，當他抵達香港一站時，即邀我在他下榻的文華酒店晤面，並向我表示：「賺錢或許不易，但用錢更難，我看過你的計劃，非常贊成，我已準備不久在香港成立明裕文

化基金會，本取諸於社會，用之於社會的原則，我決定捐出美金一百萬作為基金，每年以其孳息贊助推動新亞書院的學術文化計劃。」我記得，蔡先生隨即叫了一瓶香檳酒，並對我舉杯說：「金先生，我祝賀你，也謝謝你。」此後，蔡先生每來香港必與張炳煌兄邀我聚宴，聽我說說新亞發展之事。新亞的「明裕基金」的事全是由炳煌兄處理的，炳煌兄現今為新亞校董會的董事，他一如蔡先生生前一樣，對新亞熱心支持。我對蔡先生從無任何謝答，他是一卓越之士，新亞明裕基金之設立，正是為協助新亞對卓越之追求，故我曾於一九八二年寫〈卓越之追求：蔡明裕先生為新亞設立基金有感〉一文刊於報章，該文後收入我《大學之理念》一書。我的書一日有人讀，便更有人知蔡明裕先生其人其德。

（六）

一九七三年，新亞書院搬到沙田馬料水新址，居於山之巔，在中大美麗校園中最得山水之勝，馬鞍山之雄奇，八仙嶺之玄美，吐露港之清麗，盡在眼底，地居新亞最高位置的二座學生宿

舍——「知行樓」與「學思樓」，傍山臨海，更有新亞校歌「山巖巖，海深深」的意趣。

記得有一次，港督麥理浩來中大，我陪他參觀新亞，他特別對學生宿舍表示興趣，對「知行樓」與「學思樓」宿生更稱羨不已。我說新亞宿舍美則美矣，但有太多同學無法入住，我的意思當然是希望港府能為中大提供更多的學生宿舍，他表示很理解，但他說中大比港大在這方面好多了。麥理浩這位外交官出身的港督，是一位為香港做了許多實事的人，香港的大規模的公屋政策是他開始的，廉政公署是他設立的，地鐵也是他任內建造的。他是把香港由一典型殖民城市轉向國際都會的港督。也許因為我在一九七四年發表〈行政吸納政治：香港的政治模式〉一文（先在港大一國際會議中宣讀，後在加州大學出版的 *Asian Survey* 發表），港府的姬達爵士先後邀請我擔任廉政公署、法律改革委員會等諮議性工作，我還開過玩笑地說：「我自己也被港府『吸納』了。」說真話，我還真覺得香港政府懂得不花錢找人做事呢！記得我任院長後不久，院長室秘書陳煥賢告訴我，港督府來電話，港督約見面，但未說明

何事。其實，不完全出乎我的預料，麥理浩校監（我與他見面時是以他校監身份稱呼他的）在港督府見我，當面鄭重邀請我出任立法局議員，我當即胸有成竹地婉辭。他說「港大黃麗松校長都任立法局議員，你為何不能擔任呢？」我表示我是中大社會學系專任教師，工作很重，現又兼任新亞院長之職，實在沒有時間與精力再來兼任立法局議員這樣重的工作了。我說的是實話，中大社會學系的教學與研究工作，我不能也不願停棄，而今又接了新亞這份重任，自覺已無餘力他顧了。無論如何，校監麥理浩港督的諒解，我是很心感的。港督府的秘書對我說：「沒有人拒絕港督的邀請的。」這件事埋藏了很多年了，因為寫新亞那段歲月，我又憶起了。

（七）

新亞學生宿舍不但地處風景佳勝之地，宿舍的內部裝設也頗見心思，同學聚會之公共空間更予人舒坦自在之感。輔導長陳廣渝兄與宿舍委員會主席王啟安博士好幾次陪我與不同宿舍的同學

作定期的夜談。同學是自由參加的，什麼事都可談，可問，記憶中似乎並沒有遇到什麼傷腦煩心的問題。師生無拘無束的夜談大都在歡愉的笑聲中結束。步出宿舍，常能享受到山頭的月色，白天的疲累也給高處的清風吹散了。到今天，有時遇到不期而遇自稱是新亞學生的人，我沒有教過他（她）們，原來是與我在新亞宿舍有過夜談的同學。

正是新亞學生宿舍給了我一個想念，我既得新亞的教職同仁也須有個大家想去坐坐、想去聊聊的地方。劍橋書院的院士休息室與院士餐廳是我在劍橋時最喜歡去喝酒用餐的去處，在那裏，不時能遇上有學有識，言語有味的人。真的，書院之吸引人處便是不同專業的學人經常可以在一起談天說地，不經意處，常有禪機。新亞藏龍臥虎，盡多博學多材之士，但都忙於專業，與專業以外的同仁鮮少接觸，見面亦止於點頭之交，這多少與書院缺少一個大家樂於聚聚的場所有關。院務室的張端友主任與程平兄很快認定樂群館地下的三個房間，這原來是為教職員活動用的，但空空洞洞，乏人問津，若加整修，景況便會改

變。不過整修需錢，大學的公款是不能用的，向外界捐錢，亦不好開口，新亞校董會的陶學祁主席知悉後，即一口應承，費用一概由校董認數。新亞校董會在我任職院長期間，對新亞的發展，總給我支持與配合。這是我十分感激的。裝修完成後，確是耳目一新，華麗是沒有的，清雅典莊，自有一種人文氛圍，向海的落地玻璃窗，所展現的不止是一窗綠意，還可看到遠山白雲的舒卷。當年新亞最稱老師的饒公宗頤先生為這個新亞同仁息游論道的處所題寫了「雲起軒」三字，他的書法為雲起軒增添了許多書趣墨香。自雲起軒啟用後，很自然地成為新亞同仁三三五五，擺龍門陣的地方，午餐時候更是「客如雲來」。原來新亞的飲食史專家耀東兄調教了工人朋友做出了逯氏特味的牛肉麵，吃過一次的人，沒有不想再次光臨的。

校園文化委員會的喬健、金聖華等幾位教授，最肯用心思，經常在雲起軒舉辦各種文化性的活動。新亞講座（錢賓四先生講座，明裕基金講座）學人或龔雪因訪問學人來院，雲起軒都有酒會或宴會，與本院學人晤聚一室，歡談無礙，

四海一家，誠是一樂。回想起來，雲起軒中活動，新亞同仁最樂於參與，最感興趣的是每月一次的「晚餐聚談」，可以邀同仁，可以邀家眷，也可約知己友好或同學參加，費用不多。雲起軒的自助餐，固無山珍海味，卻大有可口者，酒非名牌，也絕不是廉價味。每次晚餐聚談，必有一位院外嘉賓講話，講畢，同仁或發問，或自抒高論，自在而抒懷，賓主皆歡。早年，徐東濱、金庸、楊振寧、余光中等許多先生都做過聚談的嘉賓。每次嘉賓講話前，不例外地，我會作五分鐘介紹嘉賓的「開場白」。不少與會友朋，對我的「開場白」頗有偏愛，還曾建議我結集出版，但我的說話，只有一張小小 Notes，許多話都是臨場說的。總之，我覺得晚餐聚談，不可太嚴肅，必須輕鬆不設防，講重一些，講輕一些，皆無不可。唯獨不能講「套話」，更不要有「擺學問」的姿態，否則就無「聚談」之樂了。哲學系教授劉述先兄是經常參與晚餐聚談者之一，他告訴我有內地來過新亞訪問的學者，對雲起軒的文化活動，十分欣羨，還著文把雲起軒寫成談笑有鴻儒，往來無白丁，是一個可以思，可以游，可以

吃到「逯耀東麵」的佳勝之地。雲起軒的名字真是不自揚而遠播了。

（八）

懷憶新亞那段歲月，我不由不記寫院務會之下所設的「出版委員會」和「體育委員會」的一些人和事。新亞是一個學人團體，新亞創校以來，新亞的先輩學人無不以著述名世，一九六三年，新亞成為中大的成員書院後，新亞教師教學之外，亦以研究為重。理學院同仁多以英文在國際學刊發表。但中大畢竟中、英並舉，新亞更以發揚中國文化為使命，自需珍視中文之著述，這也是所以有「出版委員會」之設立，擔任這個委員會主席的是與新亞有長久歷史淵源的孫述宇教授。孫教授畢業於新亞，是耶魯大學文學博士，對《金瓶梅》、《水滸傳》之研究最有聲名。在他主持下，定期出版的「新亞學術集刊」分量很重，很能代表那個年代新亞人文學者的研究興趣。孫述宇兄為人沉默少言，處事認真，在我八年院長任內，對我個人加持甚多；我不在香港時間，多

次由他代理院長，甚著辛勞，我內心是很感激的。也許孫述宇兄不完全知道，我一九七七年之所以承擔起新亞院長之重任，與他跟我的一次談話是有關的。一九七六年，大學改制的新法案在立法局通過後，大學李卓敏校長約我見面，並表示希望我接任新亞書院院長。那時，我從劍橋回來不久，李校長特別對我說，他從我寫劍橋的文章中知我對劍橋書院的喜愛。他說我應該並且也能夠對新制下的新亞書院有所貢獻。李校長是一個極有說服力的人，但我當時未能同意，我是有猶豫的。是時新亞當局與大學之間的對立是很公開化的，我實在還依戀在劍橋那種雲淡風清，沒有任何行政煩心的生活。就在這個時刻，孫述宇兄與我有一次嚴肅的談話，他對新亞未來的關心是很明顯的，他表示希望我接下新亞的擔子，他認為當時我是唯一能夠與大學保持正常溝通的人。孫述宇兄的話多少影響我做了一次關乎我生涯的決定。

「體育委員會」主席林聰標兄是位傑出的經濟學者。他是我台大的後期同學，獲德國佛萊堡大學博士學位後，即來新亞執教。聰標兄風度翩

翩，文武兼得，是網球好手，健談，有人緣，毫無搞小圈子習性，這是我十分欣賞的。「體育委員會」在他領導下，做得很有生氣。他不止重視同學的體育，也關心同仁的健康。新亞同學書讀得好，運動也很了得，有不少且是體場健兒，在院際競賽中，時有出色表現，讓我這個院長面有光彩。吳思儉先生安排的慶功宴是我從不缺席的。聰標兄也為新亞同仁年年舉辦多項比賽，我喜愛網球，常與輔導長皇甫河旺做雙打拍檔，皇甫兄揮球有勁，落點刁鑽，技藝不凡，我則網前堵截，眼快手重，自詡是霹靂手法，我們二人不止一次從林聰標主席手中接過雙打冠軍杯。

林聰標兄是我一九七〇年到新亞後最早結識的同事之一。我們第一次是二家人在九龍慶相逢酒家不期碰面的，此後間有往來，自我任院長後，見面多了，認識亦深了。中大經濟學系在他主持下，踵年增華，聲名日重。一九八五年我決定卸下新亞院長之職，並接受了德國海德堡大學訪問教授的聘約。因此，我曾以個人身份鼓勵林聰標兄接下院長擔子，我還半開玩笑地跟他說，院長工作或許很辛勞，但做新亞院長都會長壽，

我舉錢賓四、吳俊昇、沈亦珍、梅貽寶、全漢昇幾位前任院長為例，當時，我還說余英時先生和我自己都不算年長，但做過新亞院長，也必長壽！聰標兄為人積極樂觀，到新亞比我還早好多年，對新亞有深厚感情，終於在眾望所歸下，被選為院長，他一做做了七年，並且做得有聲有色，院長任滿，聰標兄已近六十退休之年，未幾即為台灣中正大學禮聘回返家鄉，再展身手，新亞友好都期待他有一個精彩的第二度學術生涯，但萬萬想不到的是，二年之後他竟以腦瘤去世，這真是天妒英才呵！聰標兄的一生可說都奉獻於中大新亞，我對他這位是同事又是朋友的新亞人有很深的懷念。

（九）

上面寫一九七七到一九八五我擔任新亞書院院長八年歲月的點滴，距今已是二、三十年前的事了。三十年來，新亞日新又新，精進不已，中文大學已躍居世界大學的前列地位。二、三十年前畢業的同學在各行各業嶄露頭角，成為香港社

會之骨幹棟樑。今逢新亞創校六十周年，感奮之情，油然而生，惟展看當年新亞的教職員名冊，心頭不免又有一番滋味。所有昔時與我共事的人，除三五人之外，都已退休，離任，全不在新亞了，院務委員會中六位 Fellows 且已離世長去，健存者或在異鄉，或留香港，亦多不復有當年的風華身影了。我任新亞院長時 在盛年，而今鬢髮飛霜，已是「古稀今不稀之年」後又五年矣！歲月如馳，不欲老得乎！年前，孫國棟先生隻身自美返港，居於新亞「知行樓」宿舍之一室，這位逾八之年的老學者是新亞首屆畢業生，畢業後即一直在母校教書、著述、做事，他是最能體味新亞「奮進一甲子」「多情六十年」的一位新亞人。如今他在「知行樓」前，「天人合一亭」畔（亭在「知行」「學思」二個男女宿舍之間，梁秉中院長任內建造，是中大最高最美的風景點），晨昏都能看到年復一年猶如春燕去來的青春學子。我相信國棟老哥會同意我所說：新亞人會老去，新亞青春長永。

二〇〇九年九月十一日

從「問世間情是何物」
說到《人間有知音》

（一）

八百年前，宋金時代，有「北方文雄」之稱的文學家元好問（號遺山），於詩、詞、文、曲諸體皆工，元好問著作甚富，〈雁邱詞〉是其名作之一，他作〈雁邱詞〉有一前語：

> 太和五年乙丑歲，赴試并州，適逢捕雁者云：「今旦獲一雁，殺之矣。其脫網者悲鳴不能去，竟自投於地而死。」予因買得之，葬之汾水之上，累石為識，號曰雁邱。時同行者多為賦詩，予亦有〈雁邱詞〉。

〈雁邱詞〉闕首便是一問：

> 問世間情是何物，直教生死相許。

元好問，姓元，名好問，〈雁邱詞〉開首這一問，問得好，是一「大哉問」。人世間的情到底

是什麼呢？竟然會因情而可以生死相許？這是以死殉情呀！誠然，中國的梁山伯、祝英台；西方的羅密歐、茱麗葉是為愛情而生死相許的最美詮釋。

　　元好問此一問，不是科學之問，是文學之問。如果是科學之問，情（不論是濃情、激情，還是癡情）大概是荷爾蒙的一種化學作用，聽來是很不浪漫的。元好問此一「大哉問」是文學之問，才引出千年的文學猜想與想像。

（二）

　　情是人世間不可沒有的東西；情是人世間的「存在狀態」，可以說，情是人間的定義。如人間沒有了情，或情被徹底稀薄了，甚至被滅滅了，那麼，人間就必會變得一片荒蕪，人間也已不再是人間了。

（三）

　　情有多種，人間是由多種多樣的情所撐起來的。愛情之外，有親情，有友情，有師生情，家

國情，異國情，乃至人與動物之情，人與山川天地之情。

　　人間還有一種情，即知音（知己）之情。知音（知己）可以存在於親人之間、朋友之間或師生之間（在古代更可以存在於君臣之間）。知音之情是一種欣賞、慕悅、關懷和分享的意欲，知音之情是最具雙向性和互通性的。中國歷史上有傳為美談的知音、知己的故事。

　　春秋時，楚國人鍾子期是一個很有音樂水平的樵夫。一日在漢江邊聽到晉國人伯牙在彈琴。鍾子期聽了琴音後，讚曰：「巍巍乎若高山，蕩蕩乎若流水。」伯牙對鍾子期高山流水的評語，引為知音，二人遂結為金蘭，相約翌年中秋節再見。屆時，伯牙抱琴赴約，但此時鍾子期已亡故，琴師伯牙知子期不復再有，認為人間再無知音，一生遂不再鼓琴。這是「知音」的故事。

　　戰國時，聶政、荊軻、豫讓皆是「士為知己者死」的義士，他們對知己生死以之的故事，留傳百世，但讀書人之間的「知己」故事，最早發生在漢代！兩漢之際，揚雄（子雲）是一位天才

文學家（賦）、哲學家，著有《法言》、《太玄》等著作，但卻不為時人所賞識，只有東漢的音樂家、哲學家桓譚大大推崇揚雄的著作，說「必傳」，必有身後名。故桓譚被視為揚雄的解人、知己。桓譚也成為了「知己」的代名詞（余英時語）。這是「知己」的故事。

（四）

自古以來，有知己知音之難有、難遇之嘆。南北朝（六世紀）時，劉勰的《文心雕龍》是被公認的中國文論的範典之作，《文心雕龍》的〈知音〉篇有云：

> 知音其難哉！音實難知，知實難逢，逢其知音，千載其一乎？

劉勰是說解人難得，千載或僅有一遇，這或有文學式的誇大之嫌。但在古代，特別是在宋代印刷術普遍採用前，作者的著作僅靠口傳或手抄本流傳，讀者畢竟不多，能成為知音知己者實少之又少。時至二十一世紀，在一波一波的資訊革

命後，人與人的溝通條件與古代已有天壤之別。今日的音樂家，像李雲迪、郎朗，他們絕不似當年伯牙在漢江之畔鼓琴，只鍾子期一個聽眾，他們一次音樂會，聽眾當以千數計；有的著名流行歌曲演唱人，在場粉絲動輒以萬計，且不論電視、手機的粉絲了。是的，粉絲非必是知音，但數以千萬計的粉絲中豈會沒有知音在？今日書寫的作者，也與揚雄的命運大不相同，個人的著作通過出版社、書局、圖書館、Google，或像香港書展，所遇到的知己又豈會只有一個桓譚而已。今天的書寫者，遭際或有幸與不幸，但人之所患，實不是「患人之不己知」了。

（五）

我新出版的師友書信集，用了「人間有知音」為書名。其實，在我動念編印我的師友書信集時，我並沒有想過要用一個書名的。當我一一展讀了近百封的師友書信之後，才想到「人間有知音」這五個字的。

我的師友，包括讀書求學時的師友，因工作

（台灣、香港）而結緣的師友，以及因我的書寫（學術、時〔政〕論、散文及書法四類）而結緣的師友。我要說的是，此書中所列的師友僅是曾有給我書信的師友。我深深感覺書信已非今日傳意達情的主要載體了，用電話、手機、WhatsApp、傳真、電郵者越來越多，許多幾十年的同事友好，竟然不曾有過一信致我。書信，特別是毛筆的手札，恐將成為絕響了。此我所以對這本書信集甚感珍貴。

（六）

古人曰：「見書如面」，書信是一種最有手與心的溫度的書寫，看到手札，便有如見到書信人的本真。書札含有的情意元素，決非其他書寫或媒介可以比稱。尺素之所以可寶，正因為此，書信的魅力因書之人而有異，有可傳世之人，其書亦必可以傳世，斯集所收，其人其書可以傳之於世者，多矣。於我個人言，我最珍惜的是我師友中的知己、知音的手札。誠然，我的知己、知音實亦不少是當代學術、文化、藝術、教育、經

濟等領域中的人傑名士。讀他們的書函，見信如面，正可一窺書信人的精神面貌。

這篇〈從「問世間情是何物」說到《人間有知音》〉的短文，我願以我的師友書信集中一段話，作為結語：

> 我是幸運之人，我八十年的人生，做人做事，實不少有相知相重的知己。我五十年的書寫，尤不少有同聲相應，嚶嚶求友的知音。知己知音，不必多情，而情在焉。問情是何物？答曰：「情有多種，情之清而貴者，知己知音心中一點靈犀耳。」我生也有幸，一生正多靈犀一點相通之師友。陳寅恪先生感今世解人難得，而有「後世相知或有緣」之寄託。我則有幸，今世所交已多「有緣」之人，不少且成為「相悅相重相知」的師友。
>
> 何其幸哉！我的一生。
>
> 故名「金耀基師友書信集」曰《人間有知音》。

敦煌語絲

責任編輯：許福順
封面設計：吳丹娜
排　　版：時　潔
印　　務：劉漢舉

著　　者　　金耀基

出　　版　　中華書局（香港）有限公司
　　　　　　香港北角英皇道 499 號北角工業大廈一樓 B
　　　　　　電話：（852）2137 2338　　傳真：（852）2713 8202
　　　　　　電子郵件：info@chunghwabook.com.hk
　　　　　　網址：http://www.chunghwabook.com.hk

發　　行　　香港聯合書刊物流有限公司
　　　　　　香港新界荃灣德士古道 220-248 號
　　　　　　荃灣工業中心 16 樓
　　　　　　電話：（852）2150 2100　　傳真：（852）2407 3062
　　　　　　電子郵件：info@suplogistics.com.hk

印　　刷　　美雅印刷製本有限公司
　　　　　　香港觀塘榮業街六號海濱工業大廈四樓 A 室

版　　次　　2024 年 7 月初版
　　　　　　© 2024 中華書局（香港）有限公司

規　　格　　16 開（188mm×125mm）

ISBN　　　　978-988-8861-92-7